鲁迅文学奖

得 主

散 文 书 系

大地 河流 火

鲍尔吉·原野 著

中国文史出版社

图书在版编目（CIP）数据

大地·河流·火／鲍尔吉·原野著. -- 北京：中
国文史出版社，2025. 1. --（鲁迅文学奖得主散文书系
). -- ISBN 978-7-5205-4841-0

Ⅰ. Ⅰ267

中国国家版本馆 CIP 数据核字第 2024YJ7604 号

选题策划：江　河
责任编辑：卢祥秋
装帧设计：锦色书装

出版发行：**中国文史出版社**

社　　址：北京市海淀区西八里庄路 69 号院　邮编：100142

电　　话：010-81136606　81136602　81136603（发行部）

传　　真：010-81136655

印　　装：廊坊市海涛印刷有限公司

经　　销：全国新华书店

开　　本：880×1230　1/32

印　　张：8　　　　　　字数：158 千字

版　　次：2025 年 1 月第 1 版

印　　次：2025 年 1 月第 1 次印刷

定　　价：66.00 元

作者简介

———————

鲍尔吉·原野　第七届鲁迅文学奖得主。蒙古族。呼和浩特出生，长于赤峰。与歌唱家腾格尔、画家朝戈并称中国文艺界"草原三剑客"。出版长篇小说、散文集、儿童文学集多部。现居沈阳。

写在前面

　　我们怀着由衷的敬意，编辑了这一套散文丛书。

　　鲁迅先生是中国新文化运动的旗手，是近现代历史上对中国社会思想文化发展具有重大影响的文学家。以他名字命名的"鲁迅文学奖"，是中国文学奖的最高荣誉之一，自创立以来，一直拥有良好的口碑和广泛的影响力。那些获得鲁迅文学奖的作家作品，毫无疑问地推动了我国文学事业的繁荣发展。

　　这些获奖作家分别生活在祖国的东南西北，年龄跨度从"50后"到"80后"，写作门类包括小说、散文、诗歌、评论。他们都曾创作出佳作名篇，是堪称名家的优秀作家。编辑出版这套"鲁迅文学奖得主散文书系"，我们的初衷正是让这些优秀的小说家、散文家、诗人、评论家聚集在一起，将他们各自独具的生命体验和写作风格，以群峰连绵的形式呈现出"横看成岭侧成峰"的写作景观，向广大读者奉献这个值得阅读和保存的作品系列。

　　在这些作品的编辑过程中，我们看到了他们不同的阅历和表达方式，看到了他们卓尔不群的文学才华和让人叹服的写作能力，看到了他们观察事物的独特角度和对自己生活、创作的诚意表达，看到了他们纷繁复杂的生活境遇和丰富悠远的精神世界。从这些文字中，我们感受到了作家对大自然和世间万物的悲悯，对岁月悠长、时光消逝的感喟和思索，对身边细微琐事的提炼和回味，对辽阔人间的关怀以及对世道人心和生命本身的探寻与思索。

我们以诚挚的愿望和认真的劳动，向亲爱的读者推荐这个书系，也以此向在写作道路上辛勤耕耘的作家们致敬，向创立近四十年的鲁迅文学奖致敬，向在岁月的上游一直如星光般以风骨和精神令后世仰望的鲁迅先生致敬。

编　者

2025 年元月

目　录

辽阔的大地

亲爱的河流

大海啊，大海

腾升的火

美丽的村庄

辽阔的大地

大地花朵川流

引　子

这几年出差，回来爱跟跑步的朋友说见闻。我一露面，这帮因流汗而皮肤发亮的跑步人就围过来，听我白话。一天，跑步人散了，树生从树后跑过来，羞涩地——他六十五岁了，还羞涩呢——说："给你拿点儿东西。"我说啥东西，他不好意思。我把东西从他衣服里掏出来——一个早年的铝饭盒，打开，里边是酱焖小土豆。我问送这干啥，树生说："求你个事儿。"

他说老父亲九十九岁，今年九月十日过百岁生日，让我出差捎回点儿当地的水。我说飞机不让带水，他让我把水快递回来，他老父亲过生日那天用各地的水浇一盆长寿花，吉利。他拿出一个防雨绸兜子，里面装着十多个白色的小塑料瓶，瓶口系着两米多的渔线，瓶底黏了一个螺丝帽。他说有线在河里取水就方便了。树生是车辆厂退休工人，办事真细致，我说："妥了，你就等着祖国各地的水上你们家汇合吧，你们家就是水库。"

万亩梨花

　　我见到好的地名比见到好的书名更羡慕，觉得人活在好地名里是一种幸福。神木、仙游、福鼎，这些地名多好。丰县也好，它是我今年出游第一站。繁体字的丰字上头站满麦穗，下面有豆撑腰，看着就富足。人来丰县，咸称其丰。丰子恺如果活着，肯定一年来一回。当年有人问他姓哪个 fēng，他答丰收的丰，对方不解。丰子恺说汇丰银行的丰，人始悟。子恺辛辣，天下哪有比丰收更丰的事情呢？

　　在江苏省丰县，我看到最丰美的景物是万亩梨花。入四月，我老家的凹地还有积雪，而大沙河畔的梨花园已成花海。如此宽广的大地，竟被梨花开满。枝头似雪，树下却青草离离，蜜蜂在枝头缭绕。梨树怀抱大，枝条平伸，把花开到别的树上了。花瓣在枝上奔跑，金色花蕊是它们的接力棒。在梨花下行走，走走就泄气了，梨园太大，走到太阳西沉也走不出去梨花的天下。这个县宋楼镇的梨园有六百六十八棵百年梨树，最大的一棵梨树王胸径八十多厘米，每年挂果四千多斤，厉害吧？吉林省梨树县也未见有这么大的梨树，丰县有，丰字真没白叫。丰县耕地面积一百一十四万亩，其中果树面积五十多万亩，栽种红富士苹果二十八万亩、白酥梨十万亩，它是全国水果十强县。丰县的蔬菜种植面积达六十万亩，牛蒡、芦笋等果品已成为江苏省出口创汇优良品种，这个县完成了由粮食大县到果蔬大县的转变，丰！

　　县城有护城河，开挖于战国时期。我拿树生的小瓶取水，这些小瓶特好用，瓶底有螺丝帽，嗖地入水，咕嘟咕嘟灌满了。我拎起瓶子，拧盖。心想，丰县把战国时期的护城河水献给了树生他爸。

陕 南 行

我南行的第二站是陕西省汉阴县。这里的凤堰梯田最好看。清晨，梯田从白雾中露出曲线，柔和秀美，大地犹如盛满黄金稻穗的盘盏。苍鹭穿过梯田上方，飞到汉江边上。淡蓝的炊烟从村庄孤直升起，大地一片晶莹。

凤堰梯田位于秦巴山脉的凤凰山上，临汉江，连片面积达一万二千多亩。据记载，梯田为清代同治年间长沙移民吴氏家族创建，集山、水、田、屋、村于一体，梯田在河流交汇处渐次升高，引山涧水从上而下自流灌溉。山坡上梯田罗布，有的坡几十级梯田，有的坡上千级梯田。水漫过上一级梯田的石头围沿，浸润稻秧，流到更下一级梯田，一直流下去。

梯田用石头围沿抱着金黄的稻子，如怀抱子孙。在崇山峻岭围垦万亩梯田需要多少石头啊！想象不出这里的先民肩扛石头垒田的情景，不知垒了多少年，这里无异于梯田的长城。而这一切的辛劳，只为了修田。人不来此地，不知耕地珍贵。世间万物，最珍贵的莫过于粮食。粮食哪里是用钱衡量的物品？在这里，粮食是天地大美的结晶，谁浪费粮食，谁不是人。

我在梯田的围沿上行走，若从天空看，我如走在玛雅彩石壁画上的一只蚂蚁。如果我会开飞机，会常常来凤堰梯田上空飞行，俯瞰这幅巨大的艺术品。说话间，几对苍鹭飞过梯田。好地方会有天使，这里的天使是高洁的苍鹭。它们展开灰色与黑色的翅膀，巡视如梦如幻的梯田。

在村里，见两个小孩做游戏。男孩用铲子垒泥成梯田，灌水，拿青草插秧。女孩挎小筐，在小梯田的水里假装摸螺蛳。我看了感动，问男孩姓什么，男孩说姓吴。女孩也抢着说姓吴。我手摸吴氏子孙的小脑袋，心想他们都是长沙府吴氏的后人。在此地姓吴让人羡慕，他们祖先是建造梯田的农家圣贤，连我都想改姓三天吴。

洋县离汉阴县不远，同属陕南。早上我在乡间跑步，灰白的水泥路分开竹林稻田。这里左手秦岭，右手巴山，汉江自西而东分开大山的南麓北麓。我看了半天，分不清哪座山姓秦，哪座山姓巴。松柏杂木分开山峦的深浅层次，雄浑莽苍。

过桥时，桥下流水清澈，鹅卵石像包在玻璃里，水声似更清脆。我想起忘带瓶了，跑回去取瓶，此时见到一对雪白的朱鹮掠空而过，飞得不高。它们翅膀的白羽透过阳光微微橘红，颈羽如流苏般随风飘逸。虽是一瞬，我看到朱鹮的颜面比一坨印泥还红，它长而弯的喙尖上还有一点红。我觉得相当幸运，四外看看，就我一个人，看到了两只朱鹮，这比包场还阔绰。

二十世纪六十年代，俄罗斯境内最后一只朱鹮在哈桑湖灭绝。七十年代，朱鹮在朝鲜板门店消失。中国科学院刘荫增教授和他的团队走遍了大半个中国，于一九八一年五月在陕西省洋县姚家湾发现了当时世上仅存的两只野生朱鹮。三十年来，朱鹮数量已增加到两千多只，野外生存范围涉及两市七县，面积达六千平方公里。

朱鹮多数生活在洋县，这意味着洋县的老百姓种粮种菜不使用化肥农药，保证朱鹮食物的安全。大凡如朱鹮这么脆弱的鸟类可以生存的地方，均可命名为人间天堂，这里的水质、植被、气候和民风一定臻于优胜。朱鹮真正是好山好水的"代言人"。

跑完，我在稻田里取一瓶水。这水养的黄鳝、泥鳅是朱鹮的食物，浇花肯定好。

明月照白塘

我出行的第四站是徐州的睢宁县。因为不认识"睢"字，查《辞海》得知这个县出土的汉画像石"牛耕图"被中国历史博物馆收藏并印在门票上。一九九六年，国家文化部命名睢宁县为"儿童画之乡"，有一万五千多幅作品送往七十多个国家和地区展出，获金奖二百二十三次。

睢宁让我钟情的是白塘河湿地公园。想不到历史上战乱频仍，而今人口众多的徐州大地有一处湿地公园。

人们常把湿地归于人烟稀少的沼泽地，仿佛建是建不出来的。白塘湿地公园正是建出来的湿地，占地 3.8 平方公里，有水面一千多亩。这里有五处百亩林园——竹林园、柿林园、海棠园、山楂园、板栗园，还有梅花岛、桃花岛、樱花岛。登一座山即入一片林，幅员百亩。我看到无边的山楂树站满山坡，心想这片山全归山楂了，春的白花和秋的红果是这座山的骄傲。以往没见过的海棠山和柿林山，这回都见到了。不同的树的姿态比建筑物更美，它们高低俯仰，疏密错落，塑造别样的景观，树们四季呈现变化的美，比呆板的房子更灵慧。树在风里飒飒，包藏花果，它们是微笑沉默的"高士"。

登山望水。水边聚集的仙鹤，如同白石铺设的岸。水鸟起飞，影子被微澜摇碎，树影模糊。

睢宁的睢，指睢水。以往十年九涝，把老百姓害苦了。如今湿地形成自然生态系统，水系安宁，为徐州大地储备一个清新吐纳的绿肺。在园区走，我发现游人大部分是农民，这让我很惊奇。人们太多时候看到农民在田边劳作，或在集市卖菜，仿佛那里才是他们站立的地方。在白塘湿地公园，质朴农人手抚柳枝向对岸伫望，拿手机与桃花合影，我觉得这才是国家图景。以往崔莺莺和张生观花赏月的风雅印记被我从脑中删除。国泰民安的宏愿从民安体现，此地可做见证。

夜游湿地，水面收纳了夜空白茫茫的光带，月亮越发皎洁。走走看看，来到公园内的水月禅寺。这是一处方正简约的现代建筑，没有飞檐斗拱，体现大道至简的禅宗美学。清风徐来，水面澄净，树木亲密偎依，罗列至远方。我抛瓶取得白塘湿地之水。

金子奔跑

小时候，我在母亲的集邮册上看到三枚"世界文化名人"邮票，线描人物，古装，他们是屈原、关汉卿和汤显祖。我惊异，咱们这么大国家，世界文化名人才仨啊？后来向家属院小孩巡回展示这三位名人，丢了两枚，只剩汤显祖。

这一次来到浙江省的遂昌县，拜访了汤显祖纪念馆，馆内悬挂汤显祖画像，与邮票上一模一样，只觉得下方应有"中国人民邮政"才好。稍带我还回忆起家属院的向日葵和鸡冠花，它们高矮红黄，如对晤。

汤显祖是明代的伟大戏剧家，在遂昌出任五年县令，他笔下的"临川四梦"之《牡丹亭》诞生于遂昌。《牡丹亭》的戏文高蹈绝美，我疑心与这里的山水关涉，悲剧与美如筋与肉那样是长在一起的。

遂昌山水不小气，清秀蕴藏沉雄，或者说它在江南山水的架构里潜藏野性。千佛山，距县城三十公里，远看林木苍郁，走进去身旁悉为山泉，水流细小轻缓，许许出声。可以状写此地山泉的形容词太少，所谓淙淙、潺潺均隔靴挠痒，水声比形容词更复杂与美妙，它不是一个音，而是复合的和声，如远又近，似轻还重。步行十余里，山泉始终迎送，或山瀑，或小潭，或山涧。我在潭里取水一瓶，坐石上闭目听水，听出水声之外还有鸟鸣，来自头顶。当辨识鸟语之单音节与多音节时，水声消失了。走上石阶，又闻水声。

遂昌有金矿。我们坐小火车进入矿里，参观了明代开采的矿洞。人在金矿的洞窟里行走，目光一定是贪婪的。我看同伴眼神，非但不贪婪，反而迷惘，他们谁也没在石壁上见到金子。行家说，肉眼看不到矿石里的金子。我想也是，人眼能在石头里看见金子，世界更乱了。我觉得金子会在矿石里看到我们——一帮肉眼凡胎的人且走且望。金子也猜出了我们想念金子的心情，在岩石里笑。

过去听说，金子藏在贫瘠的土地下面。我老家好几处金矿的地表啥都不长，大自然补偿给它们一些金脉。遂昌的金子会挑地方，长在青山绿水之间。这里的人说，金子的矿脉会在地底下奔跑。明明勘察到一处矿脉，过些天却没了。我在新疆和西伯利亚也听过这个传说，相信金子有这个能力，说走就走。要不怎么能叫金子呢?《牡丹亭》里曾有一折，说杜丽娘于花园里凭几而眠，寐中与柳梦梅相会，二人惊诧:"是哪处曾相见，相看俨然?"这如同说外地来的金子们相见，都眼熟。

遂昌拥有许多国家级的称号:中国竹炭之乡、中国菊米之乡、全国旅游标准化示范县等等。这里九山半水半分田，若要过得好，他们一定会爱手中的一切。在爱的心田里面，一切都是财富，这在汤显祖笔下表现得刻骨铭心。山水赋予人的，是心机之外的大智慧。

吾爱孟夫子，风流天下闻

诵唐诗宜来襄阳，这里留下李白、杜甫、白居易一大批著名诗人的足迹。《唐诗三百首》有二十七首涉及襄阳。读三国宜来襄阳，诸葛亮在这里十载躬耕，留下《隆中对》。学书法宜来襄阳，此地养育米芾，人称"米襄阳"。中国魅力城市的颁奖词说，这座城市"凭山之峻，据江之险，外揽山水之秀，内得人文之胜"。习家池、古隆中、米公祠等名胜古迹多达一千多处。

我来襄阳，没带唐诗，只带一双跑步鞋。襄阳有保存非常好的古城墙，在下面跑步十分高古。边跑边看城墙斑驳的砖石，包括箭镞的射痕，心生庄重。我不通晓历史，但我爱这里诞生的一位大诗人孟浩然。"吾爱孟夫子，风流天下闻。"李白这两句诗简直道出了我的心声。孟浩然诗歌冲淡、平缓、简易、深情，合到一起便造就大道风流。我年轻时一度拼命背孟浩然的诗，登老家的南山背诵。孟浩然爱写登高，于是我登高背诵。如今我在襄阳，一面是古城墙，另一面是护城河，边跑步边回忆孟浩然的诗，算是默默献给襄阳的小礼物。整首的诗已背不下来，仍记得一些句子："相望试登高，心随雁飞灭。"每次登高，看飞鸟在视野消失，我都会想起这两句诗。那小鸟在飞行中翻翻身子就变成小黑点，倏尔，小黑点也没了，但心还沿着小鸟的轨迹寻找。"雪罢冰复开，春潭千丈绿"写早春，"水落鱼梁浅，天寒梦泽深"写襄阳，"我家襄水上，遥隔楚云端"也是写襄阳。《全唐诗》收录孟浩然诗二百多首，其中三十首写襄阳。

跑了一小时，记起这些诗句，倍感倾心。李白毫不掩饰对孟浩然的景仰，称："高山安可仰，徒此揖清芳。"而李白写孟浩然最著名的一首，当属"故人西辞黄鹤楼，烟花三月下扬州"。

鹿门山是孟浩然隐居处，距襄阳城南十五公里。在唐代，鹿门山与孟浩然一样有名，或因孟而获名。李白、杜甫、白居易、王昌龄均赴鹿门山拜访过孟浩然。登山时，我又想起他的几句诗："人事有代谢，往来成古今。江山留胜迹，我辈复登临。"我辈是李杜等前辈登过此山几百年后又登此山的景仰者，是想从山水里看出孟浩然哪管一点点儿影子的人。山峰叠翠，古木杂生。我看到绝非唐朝的鸟儿在树梢掠过，觉得听到了与孟浩然所闻相似的流水和鸟的悦鸣。我辈在孟浩然走过的山上行走，见一处风景，便引颈远望，想象孟浩然也这么望过。摸摸泥土，摸摸树，唐朝在哪里啊，孟夫子去了何方？我羡慕鹿门山的小鸟和小虫，它们虽不背孟浩然诗，但生活在这座孟浩然隐居十七年之久的山上，不白为虫鸟。

近黄昏，我辈吃完农家土菜下山了。我留在最后面，感到惆怅。这是潜意识作祟，因为没见到孟浩然。鹿门山虽无鹿，但涤除了孟浩然心中的尘泥，让他如此清新。那首全球华人尽知的诗——"春眠不觉晓，处处闻啼鸟。夜来风雨声，花落知多少"，最能透露他心里的澄明。孟浩然懂得如何让诗与时光相搏而不溃败，他懂得平淡即是恒久。

一个城市有一座名山就够了，如鹿门山；有一位名人就够了，如孟浩然。襄阳还有汉江，有三国遗迹，有昭明台，有宋玉，素称"南船北马，七省通衢"。这样的地方让人嫉妒。我带着从鹿门寺石井里取的水，悻悻下山。这里是取水的第六站。

望　绿　洲

人们说，在冰冷的塞上沙原，这里流水叮咚，河里长着鲜绿的水芹菜。人们说，盛夏的沙漠酷热难当，这里竟下起牛毛细雨。人们说，这里乌鸦不来、青蛙不叫、沙土垒墙不倒。这就是国家级自然保护区——大青沟。

大青沟位于我的祖籍——内蒙古的科左后旗境内。小时候回老家，所见皆为白茫茫的沙海。我和小孩摔跤，倒地身上一点儿土都没有，我还乐呢，说这地方多好，没土。是的，我老家土地少，耕地更少。小时候不知"没土"有多么沉痛。我的堂兄堂姐衣衫褴褛，食不果腹，因为他们的脚下没有土，只有沙漠。那时候，堂兄堂姐的脸上满是渴望，我不知他们在渴望什么。长大后，我才知堂兄堂姐渴望土地、雨水和绿洲。八月份，我回到老家——科左后旗的胡四台村。近暮，草原深绿，雾里钻出我堂兄朝克巴特尔的羊群，一只牧羊犬不必要地左右跳踉，仿佛它为羊群操碎了心。堂兄黑如檀木，眼白和牙齿如刷了白漆。他每天早上三点出发，晚七点回来，变成了非裔人。他的羊群加上养牛和种玉米，每年的收入可达十几万元，日子安稳了。

我在胡四台住了几天，坐朝克巴特尔的私家车和他们一起游览了大青沟。

科左后旗的草场、庄稼和防护林长势都好，但进入大青沟别有洞天。植被茂密，古朴如史前时期的绿洲。风景区实为两条沟，一条长十一公里的大青沟，另一条长十公里，名小青沟，两沟宽三百多米，深五十多米。我们在沟里步行十公里，犹如走入西双版纳的亚热带植物保护库。大青沟有七百多种植物，分成水曲柳、蒙古栎、大果榆三个植物群落。藤缠古木，苔藓侵衣，野花如同摇摆着向远方行走。朝克巴特尔对审美没有诉求，他不断弯腰捡野果和野菜，嘴里说："稠李、欧李、山葡萄、猴头、蕨菜、金针……"他的收获很快把提前准备好的布袋子装满了，琥珀似的黄眼睛充满笑意。我在小溪里取了最后一瓶水。

从沟里出来，登高远望，树的波涛从树梢翻滚而过，保护区面积达八千多公顷，打败了沙漠。朝克巴特尔说："这里的黑蝴蝶有燕子那么大，飞起尾巴带两根飘带。"他这个说法在大青沟博物馆得到了验证，那是乌凤蝶。博物馆介绍，这里有梅花鹿、黑枕黄鹂等三十八种动物，黑蝴蝶等一百三十八种昆虫，天麻等二百多种珍贵中草药。这些动植物的存在，对茫茫科尔沁沙漠来说是奇迹，但大自然无奇迹可言，所有现象均由相互依存的因果关系所决定。人觉得怪，是由于他们与大自然越来越疏远。

晚上，我们在大青沟观看了一场篝火演艺表演。在火光中，旋转飞扬的蒙古袍惊醒了夜色，安代舞的红绸如火苗一样飘动。在咚咚的舞步中，似有一群精灵从地上跑过，它们是花朵、蝴蝶和树木的信使。

结　　语

九月十日，我受邀去了树生的家，他老父亲身穿团花红衫陷入沙发，像弥勒佛一样笑。人老了，不拘男女都像老太太，树生他爸亦如此。树生把我寄来的七瓶水冻在冰箱，化冻汇在大白碗里。我端详透明的水，分不出它们的故乡来。树生搬来一盆长寿花，肉质叶子，四角形的小红花旋转着搭成了一个圆球，像挤着看老寿星长什么样子。老父亲端碗把水倒进花盆里，树生说："这是祖国大地的水，浇灌长寿花，祝您越活越健康！"我说："浇了八省水，还活一百岁。"他爸耳聋，这句话却听到了，说："我再活一百岁，他们得累死。"树生和他媳妇笑着说："我们愿意！"

沉默的种子

种子比钻石更坚硬。在黑暗的大地里，谁知道种子是怎样钻开壳壁从坚硬的泥土里生出芽呢？你看麦粒、玉米粒、苹果和梨的咖啡色的种子，每一粒都有坚硬的壳壁。它们比树皮更结实，坚定地保护着种子。雪白的种子在这样的壳壁里，从土里长出绿色的苗，比人生孩子更简练也更干净。小苗在阳光下齐刷刷地闪耀。如果说它们是一群孩子，孩子的母亲是谁呢？是小小的种子吗？这一点，植物和动物很不一样。动物和人类都是大的孕育并生产小的。人类母亲与婴儿体重之比约为 20∶1。你看不到人类从一小块自身体分离的肉（如手指或耳朵）里长出一棵苗，长大变成一棵树或一个会行走的人。种子有巨大的能量。头几天，我又去了一趟三清山，看栈道旁绝壁上生出的松树。看不到树的根部有土，松树如从石头里长出来。摸松树的手感跟摸石头一样坚硬粗糙。当年一粒种子随风飘进石缝，长成这棵树。碗口粗的松树，至少长了几十年，它还要再长几百年，只因为当年的种子跟它说过一些话。"一些话"是多少句话？可能只有一句——长吧。因为没有其他的话，比如注意休息、保重身体一类的话，松树一直在长。石头能吃多少苦，它就能吃多少苦。其实自然界没有"苦"。苦这个词是人类发明的，环境、遭遇、快乐、苦恼这些词都是人类发明的，他们为了有所区别才发明这些观念。

种子多么神奇，大兴安岭接天蔽日的松树林都由种子长成。松树以深红的身躯挡住了风的去路，松针在树梢根根相扣，大雪下不进幽默的树林。在南方的山坡上，竹子正准备从每一寸土地冒出来，它的翠绿让青草黯然失色。地下的竹笋不知何时均匀地占满了山坡。如果把种子撒在桌子上，它们只是一些褐色、黄色、黑色和白色的果实，它们沉默着，是世上最小的东西。谁也不知道它们会发芽，长出城墙般的树林，长出覆盖大地的庄稼，长成花。谁也看不出朴素的种子里包含着花的基因。种子里哪一种物质包含着花的指令？红的、黄的、白的娇嫩的花正藏在种子里，有了土壤、阳光和水分之后，小苗出生，然后开出花来。这实在太神奇。如果创造世界的不是上帝，是谁呢？只能是种子。

种子是神灵。宗教禁止凡夫妄谈鬼神，更不许猜测鬼神的居所。但可以说神住在种子里吗？神在小麦、玉米的种子里住过或曾经住过，神住在松柏的种子里，住在鲜花的种子里，这是不会错的。世上应有好多神灵。火神自然住在火里，不用猜也知道。河神住在河里而不是云朵上。五谷之神、树神和花神住在五谷草木的种子里，对吗？也许是对的。否则，种子怎么会有那样的耐心、那样的勇气发出芽来，创造五谷和树林？小鸟儿一定知道其中的秘密。鸟儿抢着吃各类种子，吃树籽、草籽和一切能生长的籽。小鸟意欲获得种子里蕴含的巨大能量。果然，鸟儿得到了巨大的能量，秋天从北方飞到南方，这是何等了不起的工程。鸟儿像种子发芽一样飞行，天空上种满了小鸟儿栽种的透明的树林。

　　以人的眼光看，种子被埋进土里是深重的惩罚，如入十八层地狱，这恰是种子新生的机会。土里没有风景、没有天日，真正被踩到了脚底下，只适合做一件事——发芽。这里安静、无风，亦无喧哗。种子慢慢长出向上的苗，再长出向下的根须。这时种子完成了使命，壳壁等待腐烂，一棵植物诞生了，它是树、是庄稼，或一株花。貌不惊人的种子，每每做成了大事。它的渺小和忍耐让它在不经意之间改变了世界。世界原本是可以改变的，如果有种子的话。

　　种子在黑暗潮湿的泥土里听到了自己的歌声，歌词里面有游动的白云，被风吹斜的细雨，有松鼠和蜜蜂的身影。种子歌唱它长出地面之后所看到的丰饶的大地。种子的歌声藏在土里，下雨时，歌的片段会跟雨水形成和声。春雨下在播下了种子的田野上，雨的声音里夹杂着一些混响，像雨落在草叶或纸张上的声音。人们对此未留意，其实这是种子的歌声，是低频，比大提琴的音乐还低沉。贴着地皮传过来又传到远处。而雨声是高频，唰、唰、唰，盖住了种子深沉的旋律。

种　子

　　我在童年具有"种子癖"。

　　我把收集的种子放到一个铁皮盒里，盒有新疆人拍打的铃鼓那么大。我常举起来晃一晃，其音也如钟磬，因为里面有桃核、杏核。而苹果的籽儿和小麦只在里面"沙沙"地奉和，很谦逊。

　　我常抱着种子盒到向日葵下松软的泥土上观摩。桃核像八十岁老人的脸；麻籽里有果肉的丝长出来，扯不干净；杏核无论怎样，都是一只病人的眼，双眼皮，并有工笔画的意味；李子核与杏核仿佛，面上多毫，干了之后仍不光洁；麦子最好看，金黄而匀称。我想上帝派麦子来，不是当白面烙饼，而是做砝码的。从掌心捏麦子，一粒一粒摆上，仿佛什么事情就要发生了。我还收集过荞麦的种子，因为弄不到，就把枕头偷偷弄了个洞，搞一些出来。当然这只是荞麦皮了，但我小时不计较这个。因此我让荞麦在盒里当警察。我收集的种子还有红色的西瓜籽、花豆、像地雷似的脂粉花的籽以及芝麻。

　　我在种植之前，多次召集它们开会，为它们选王。举起盒子"哗啦啦"晃一阵，表示肃静。桃核常常有一种霸王的气势，但因为愚昧，很快就被推翻了。杏核表示无意于高位，而黑豆与绿豆太圆滑，玉米简直像个傻子。最后麦子当选了，即最大的麦子儿，我在它身上涂抹了香油，又按着桃核与杏核的脑袋向它磕了三个头，让小红豆做它媳妇，芝麻做它的智囊，西瓜籽儿每天必须向它溜三遍须。

我不明白为什么鲜艳多汁的杏肉会围着褐色的核儿长成一个球。它们是从核里长出来的呢，还是生长时暗暗藏着核。而麦粒会向上长成一根箭。我在吃东西的时候，遇到种子就会停下来。苹果籽像婴儿一样睡在荚形的房子里，和其他兄弟隔一道墙壁，永远也见不上面。而黄瓜籽活在黄瓜的肠子里，密密麻麻像搞杂技的叠罗汉。鸡蛋就是鸡的籽了，而世上许多东西没有籽。我在赤峰电台工作的时候，曾有一位患强迫症的编辑，在半夜把办公室的红灯牌收音机偷偷埋入地里。别人发现后，他说：明年它会长出一个半导体。

他在为万物寻找母体与种子的关系，把相近的事物看作是生育的关系。

种植的时候最让人激动。当你把随便什么核或籽扔进地里，看它孤零零地躺着，替它难过，又替它高兴。它要生长了，也许被埋葬了——如果它不生长的话。我再也见不到你了，除非你明年长成树。而长成树我也见不到你了，因为你变成了树。浇完水之后，立刻进入了盼望的焦虑里。你坐在土地上，静静等待种子破土而出，是天下最寂寞的事情。

而我所种下的，除了几株草花之外，多半都没有发芽，几乎个个欺骗了我。我扒开土观察，于是又见到了它们。还是老样子，但庸俗，没有灵性。我只好放弃努力，去抚爱那些并非由于我的原因而自由生长的植物，如辣椒，如杨树，如在屋檐下挤成一排的青草。青草甚至从甬道的砖缝里长出来，炫耀着毛茸茸的草尾巴。我从书上看到，青草的种子除了在风中播撒之外，还有一些是由鸟儿夹带在身上到各处的。当天空飞过鸟儿，或电线杆的瓷壶上落着小鸟时，我就想，这家伙身上带来多少草籽，又把草籽带到了多么遥远的地方。

草药与大地的苦

在山上，找一块干净的土，往下掏一尺取一捻放在嘴里尝，品不出什么味道。用李时珍的笔法，可写为"土性平、无味、生育万物"。

我尝这捻土，心想土里到底有什么，让甘草那么甜，让黄连那么苦？土里一定百味聚集，不同的庄稼、植物从其中提取了不同的味道。生嚼高粱米，微甜有一点儿涩。嚼玉米，甜。嚼青草，干脆的甜。高粱玉米的秸秆都甜，玉米的秸秆略带一点点儿臊味。生茄子甜，黄瓜清香。西瓜香瓜不用说了，甜是它们的本职工作。树上结的苹果和梨和枣都甜。由此说，大地所储存的营养，以甜为主。可是，草药为什么聚集那么苦的苦呢？大地有甜的怀抱，也有酸辛、有苦情，草药把苦长在自己身上。

大地怎么不苦？世上唯有大地最艰辛，日晒风吹，洪水冰雹都倾泻在大地的怀抱。地被冻过三尺，被涝过三尺，世上从未停止劳动的并不是人，而是大地。

大地的苦情，高粱玉米不懂，苹果和桃更不懂，懂大地的只有草药。苦是什么？是执拗，是抓住你不撒手，是一屁股坐在地上大哭，是心头化不开的恨，是沉潜向下的哀怨。苦进了人的嘴里像进了蛇蝎，嚼不得，咽不得。苦只是一个比喻，人把生活的所有艰难用这个味觉的词汇形容之：苦。

中医认为苦可清肝火、明双目。按天人合一的观点，人的身体也堪与大地相配伍。地产百味，人吸纳百味。苦只是一味，没尝过苦味的人，舌蕾相当于一个聋子。

味原本不存在，或者说它只为味蕾或中药的药味而存在。拿一块冰糖贴脊背上，脊背察觉不出其甜，拿一块山楂糕放脸上，脸也不酸。佛家典籍讲，味只存在于人的三寸舌头上，何必吃山珍海味？多么贵重的珍馐佳肴滑过三寸舌面，落入肚里都成糟粕。佛教认为不应该也不值得为了舌头而杀生食肉。

在物品的味道和舌头之间，有一个是真相，另一个在欺骗。蒙特利尔大学的生物学家得出结论，人类的味觉是由味蕾基因的特殊排列方式决定的，并得益于口腔中的酶。而人与其他动物的味蕾基因排列方式不同，使其尝到的味道也不同。人吃干粮狗吃屎，各得其味，谁也不能臆测对方的味。广东人吃蛇、湖南人吃臭干子、中国人吃 CNN 瞧不起的皮蛋，都由顽固的味觉好恶所决定。欧洲最好的奶酪，中国人吃起来臭不可当。榴梿也如此。这是说，鼻子和舌头（特别是唾液中的酶）具有不同的认知方式，它们闻到与吃到的是同一种东西，但味道不一样。味是刁钻的、缥缈的、深不可测的东西。

草药拔出了大地的苦，煎成汁却可以给人去病。想一想，不可思议。泥土里积累的苦，草药是怎样找到的呢？草药找到这些苦，存在根茎叶里，人采而煎汁，霍然病愈。给予人类粮食的大地，又长出替人类去病的草药，大地恩情，人还是还不完的。

梅岑根的墓园

　　鲜花开在那里，纯洁宁静，老人般的大树用粗壮的枝干荫翳着高低不一的墓碑，墙边一棵樱桃树浑身是花。

　　这里是梅岑根的墓园。梅岑根在德国什么位置，我并不清楚。我跟两个同伴一道坐车，从斯图加特来这里。梅岑根有欧洲各个服装品牌的折扣店。按欧盟法律，每年六至七月允许服装企业在指定地点打折销售。在德国，这个地点是梅岑根。

　　等待同伴时，我到街上漫游，看到这座墓园。起初我以为这是个公园。绿树跟公园同样多，鲜花比公园更多。

　　大多数墓碑前有一小块花池子，这里好像举办花卉比赛。对地下的长眠人来说，树和石碑有太多荒芜的野气，而鲜花使这里像家庭。风中摇动的花朵如孩子拍手跳脚、跳皮筋或跳房子，它们都穿鲜艳的衣裙。即使黑夜，墓地也因为朵朵鲜花而如人间。

　　我看不懂碑上的德文墓志铭，只看到逝者生卒岁月。逝者少有二十世纪二十年代出生的人，多数是四十年代出生、六十多岁死去的人。可见这个墓园建立的时间不算长。这时候，走进一对中国留学生，一男一女（到梅岑根买便宜衣服的人，一半以上是中国人）。他们俩看碑文，然后用汉语谈论一下，我旁听。

多数墓碑上有照片。这张照片上，老人专注地眺望远方。"我的双手——拿过工具，拉过爱人的手，抱过孩子，捧着圣经，一生也没有放下。"这是他的墓志铭。

另一张照片是一个标致的男人，像老年的法国影星阿兰·德隆。"我出生在天空下，在阳光和雨水里生活，闻到麦香。如今与天空只隔薄薄的一层土。"

整洁的老妇人像。"我不过是一株草，幸好遇到了爱情。爱是我在世上活过的唯一痕迹。"

四十多岁的男人，卷发堆满头上。"我既不知开始，也不知结束。人生只比一场电影长一些，多数人都没有合乎逻辑的结局。"

十多岁的男孩子。"让我在阳光中与兄弟们一起唱歌。"

这人的照片是一个剪影。墓志铭刻着保罗·策兰的诗——"你躺在你的身体之外，而在你的身体之上，躺着你的命运。"

一个黑人的墓志铭。"我害怕睡过去醒不来，害怕睡不着，害怕孩子们想我，害怕下雨，害怕鬼魂，害怕见不到天上的月亮。"

中国男孩子读到这里，女孩子扎进他怀里，双手把着他的肩哭起来。女孩子的肩胛骨随着哭声起伏。

这是六月，树荫之外的阳光刺眼。有个女人急匆匆跑过来，手里拿着喷壶。她一边浇墓前的花，一边看表。一个身体臃肿的老太太抱着墓碑，闭眼斜靠在碑上。中国的男孩子为女孩子擦眼泪。他们感受到了死亡的可怕，爱情被无常拆散的可怕，在墓地里睡不醒和睡不着的可怕。男孩子的脸吓白了。他们走出墓园，不一会儿，传来他俩嘻哈打闹的声音。

黄　土

　　世上我所珍爱的，今天才知道包括黄土。

　　我说的黄土，是那种新鲜的、无忧无虑仰卧在无垠大地上的——什么呢？亲戚、朋友、长辈或伙伴？——总之是黄土。鲜润的黄土比鲜润的女人更惹人爱。人们走过它们，弯腰，以十指插入土里，攥一把，捏出个形状，放在眼前看。黄土好啊，清洁。朴实而又清洁，这不令人神清目爽吗？好黄土一点儿不脏，像粮食那么干净，但排列得更紧密。你如果把黄土放在鼻下吸嗅，说"香"也许矫情，说"土"仿佛什么也没说。但这气息的确有一种直抵丹田的力量，不飘亦不滞，可以扑面而来又依偎着你。黄土的气息和麦子、高粱以及杨树的味道均有亲属关系，高粱把土气变甜了，杨树把土气变苦了，艾蒿把土气变香了。但黄土是宽容的大神，不在乎这些，仍从气息里透出广阔的微笑。

　　黄土，我想用词语华丽你，譬如"金色的云啊"，但眼睛一看到你就犹豫了，土地不可美饰。

　　我可笑地认为，只有农村才有黄土。应该说城市也有，但被楼房和马路压在地下了。我喜欢在一望无垠的黄土上踏步走路，走到哪里都无妨，不拘林边或河边。黄土陷我，是拽我做客；黄土平坦，是喻我整肃。我还想在一溜白杨树带的边上，以十指为铲，噌噌向下挖掘，把带有新鲜气息的土扬出来，土和我手指的接触何等愉快呀。我望着自己掘出的小丘，想象田鼠原是幸福之辈，在黄土里钻冲，分洞穴为上下铺，置藏花生玉米，闲暇时瞪着乌溜溜的大眼张望世界。

近日，我家楼下重修下水道，挖至一米深，堆起许多黄土。我见故人，欲亲近却无章法。不能和黄土贴脸，也无法与黄土说"你好"。看着它们堆耸如丘，小孩子爬上爬下，默然而已。

再想起以往皇上出巡，基层单位"清水洒街，黄土填道"，我曾为之矫情感到可笑。细合计，黄土铺满大道，白杨夹迎，的确是最高礼遇了。谁不说清水和黄土都是最好的东西？

又有"哪里黄土不埋人"之说，所谓大丈夫死不择地，五湖四海可见。黄土不仅埋人，尚掩埋一切生长一切。人对死者的态度，古今都取掩埋一法，即他们死了，就宜于阳界消失。埋没使生者看不到他们，树个坟包纪念，这是一种尊重，如同曝尸是一种惩罚。土地埋人，是因为只有土地能够埋人。黄土埋人，讲的是此物干净，与没有灵魂的肉身极契合，只是过于深重。

墒

　　这时候，扛一把铁锹走进地里，一脚踩下去，"咔嚓"，锋刃切断了土地的肉。土壤若是致密的，就是活的，有血管神经，也痛。假如它们散漫飞扬，便死了，像窗台马路上的浮土，松手了。它们去世之后，可以不负责任，到处乱走。地不是这样——有生命的土，手腕扣着手腕组成的家族。把锹插入春天的地里，随着"咔嚓"，握着榆木锹杠的双手，分明感到地的战栗，一激灵。

　　我蹲下，捧起土。自打去年秋天分手，又一年没见了。土用湿润的宽掌和你握握，最近怎么样？一想，真是春天啦，土潮乎乎的，大地都黑黑的滋润了。地也会运气吗？抵住地心引力，把珍藏一冬天的水分提到嗓子眼儿。我把土放回去，踩实，不然一会儿水分就蒸发了。农民知道这个，最心疼地表这层水气，这叫墒。

　　庄稼人对土地叩首，说您真是大德，这点儿水分自己舍不得用，让五谷生长。地垂下眼帘微笑，心想人怎么老不开窍呢？我让庄稼生长，也让你们认为没用的青草生长。

　　土地的法则是生命的法则，只要有生命，就让它活。这里无功利。

　　再过几天，地里会长出葱郁的禾苗和各种各样的草，没有限制和甄别。土地的宽容不止于此，它上面还活着吃草生存的牛羊。草是土地的子孙，当牛羊吃掉它的生灵，土地不心疼吗？不心疼。人类不也吃掉庄稼的种子吗？牛羊和人类也是土地的子孙。对土地来说，被人收割的庄稼没有白白生长，没白长的理由也并非它养育了人类。

我听到了土地广阔沉缓的呼吸。

锦绣只是城里人眼中的风景

我到南方,四月的青草已经从沟里漫到沟外。不是暖和,是南方勤劳,油菜花并没想成为摄影人的道具也只好开放,它是锦绣大地明亮的笔触,每一笔都是明黄。梵高如果到中国南方来,也会喜欢油菜花,挖个地窖住进去,边画油菜花边喝苦艾酒。他去藏南会更惬意,不光有油菜花,还有空气稀薄形成的气泡似的蓝天,梵高不必到法国寻找阿尔夜空的蓝了,阿尔的蓝,调子太深。

勤劳的南方,土地比人间更有秩序。南方的人民都是服装设计大师,他们把作品从门口铺到天边,每一块土地比布裁的还经济,横竖摆满山川,只留下细细的田埂给自己走。如果可能,他们甚至想在天上种点儿什么,比如悬挂的吊兰。这块大地上种满了秩序,第一季庄稼收了还有第二季。一个人生在南方农家,从小看惯满川的庄稼,心里长出两个字:劳动。群鸡边点头边啄的是米,缸里装的是米,锅里和碗里是米,比鱼卵还密的米从地里一层一层挤出来。寺院庄重的称赞文开头有两个字叫"恭维",意思是说开始恭敬讲述下面的人和事。我见了南方的锦绣大地,起意,曰:恭维……庄稼、菜地、泥脚杆子、犁和农妇的毛巾帕和南方土地上的一切。在这样的土地上,你怎么舍得建工厂?南方人民几十辈子耕过的地,流过的汗水可以攒成一条河，你们怎么能在上面建工厂？地下有农人的祖先整整齐齐躺着，他们想听到蛙鸣，油菜花像花毯子盖在他们身上。他们的灵魂不愿被工厂的水泥地基压得翻不了身。被征地的农民为什么舍不得离开故土，给钱也不愿离开？他们嗫嚅说不出理由。我替他们说出来吧，他们祖先的灵魂暗中拉着他们的手，害怕孤单。农民们从来没听过如此粗暴的话语：城镇化、工业化，翻译过来是让他们离开锦绣河山。工业的毒水让石头都得病了，黑朽剥落，这些事跟谁去说呢？

农民走了，土地别离的不光是种庄稼的人，小鸟在夕阳里找不到炊烟，蜜蜂失去了明年的油菜花。农民和他们的土地是一个巨大的生物聚合体，农民养活的不只是一家人，还有禽畜、昆虫、鱼虾甚至农业时代的月亮。它们离开了他们，不知投奔谁。

有一个命题叫"工业反哺农业"，农民离开土地，土地酸化、沙漠化，国家用劳动密集型代工企业出口换汇买进粮食，工业反哺的农业在哪里？工业有乳汁吗？而农民已经进城，在城乡接合部的杂乱地带租房住，打零工为主，谁反哺了谁？

说农村大地锦绣是没心肠的话，农活太累，锦绣只是城里人眼中的风景。农民永远告别了土地，只能从梦里辨析鸡鸣犬吠，他们的祖先夜夜喊他们的名字。失地农民想看油菜花要掏钱参加农家乐春游团，他们见过祖先的大地，会久久说不出话来。

青草远道

友人约我写一篇与乡土有关的短文。他带着沉静的笑容，仿佛揣度我心底的乡土印象。我犹豫了。

乡土最根本的意义是地，它和天一样，是人类无力描述的对象。说起它，常常蹿入"开口便俗、一说就错"的误境。我曾经长时期迷恋和困惑于鲁迅先生那句话："宽仁黑暗的地母啊，愿在你的胸怀里安息。"语感有别于他以往的文风，像《圣经》中的"雅歌"。土地无疑是母亲，这不仅由于"天覆地载"这种体位所给人的想象。老子极不情愿留给后世的《道德经》（钟阿城考证应为《德道经》）中，以男女生殖器官的不同，点透土地的母性，并指明母性的深邃、静虚、无为而产生的威力。我想土地最像母亲的在于慷慨。自然界究竟谁在默默无闻、百代不衰地奉献呢？只有土地。当人们浮泛地歌颂金黄的麦浪、无边的森林和美丽的花朵时，是土地奉献了人类所喜欢的这一切。这多么像母亲。当有人说"这孩子又白又胖"时，怀抱着孩子的母亲笑着，虽然她知道这并不是赞美自己。一八八五年十月十日，在波士顿，美国人埃弗雷特在议会上激动地述说农业的重要："把一粒种子撒在土里，就会出现奇迹。"为什么呢？土地具有一种母性，她的职责是生命的繁衍。虽然黄金也源于土地，但土地的嫡生儿女是谷物、森林、草与花朵这些有生命的东西。

对此，人们能说些什么呢？

不说的缘由一在忘却了，二在说不出。

土地被踩在人的脚底下。朴实的、骄横的、富足的与贫困的人都把土地踩在脚下。在所有的谦逊中，土地已显示了最伟大的谦虚。母亲生产我们时的阵痛与流血，都被我们忘记了。堂皇的理由是：当时我们不知道。当我们用眼睛观看世界的时候，看到的又是麦浪滚滚与稻花飘香。我们看不到土地。

当丰饶的庄稼被收割，我们皱着眉眺望远方的萧索。土地如母亲，她并不丰饶，丰饶的是庄稼。

在飘雪的日子，我们欣喜于漫天皆白，忘却了白雪下面的土地。

在人类的眼睛里，永远也看不清自己的母亲，如同看不清被踩在脚底下的土地。

北方被犁杖耕过的土地，灰黄色漫漫起伏，如我在寒风中瑟瑟而行的母亲。然而母亲和土地并不记恨，第二年，土地又长出青草，在空气中散发与过去一模一样的清香。母亲又在冬夜为儿女缝补寒衣，针把手指刺出血珠，昏花的眼睛眯着。

我最喜欢的诗是《古诗十九首》中那句"青青河畔草，绵绵思远道"。我不知道这位无名的诗人在如此令人惊喜的美中寄寓了怎样的情怀。仿佛青草跪下祷颂土地，也如人类歌颂母亲。

"青青河畔草，绵绵思远道。"我在吟哦之间读出悠长的宁静。

然而，我们说不出这种悠远，如同说不清母亲的恩情。土地与母亲，已然无法言说了。

化　石

　　岩石里凝固着鱼的化石，却见不到人的化石。人太年轻了，在地球上远远没混到化石的行列里。在生物学的排序中，猛玛、鸟类、鱼、昆虫都是人的前辈。如果人排进化石的辈分里，前边还有马、牛、羊、狼、猪、狐狸、猴、猫和老鼠，早了。就像十二属相里没有人（人属人有点儿不像话，皇帝除外），化石里没人。

　　化石是什么？是大自然对物种的珍重。大自然把它看好的动植物变成化石，永久保存，它们一定是好东西。从对环境的价值说，人算不上什么好东西，尽搞破坏了。大自然心里有数。

　　大自然能耐大，它把蜻蜓的翅膀化为石头，或者说化为石头的纹理，这才是鬼斧神工。世上有比蜻蜓翅膀更薄的东西吗？没有。人的眼皮薄吧？但比十层蜻蜓翅膀还厚。世上竟有蜻蜓的化石，清晰地带着翅膀的脉络。可见，化为石者不仅有动物骨骼，还可以有蜻蜓肚子（里边一包水）和翅膀，跟石头浑然一体。化石里有植物的叶子。叶子只是一些纤维，蜻蜓的四只翅膀也是纤维，它们怎样能变成石头呢？石头和蜻蜓翅膀的分子式完全不一样，它们竟然可以互相转化，这就是奇迹。当年赤峰广播电台有一位工程师就订一本杂志——《化石》。每天傍晚，他捧着《化石》坐在花园前的楼房台阶上阅读。读一会儿抬眼瞧瞧四周，可能琢磨周围有什么东西可以变成化石。晚风吹来，花园里的扫帚梅和胭粉豆摇来摇去，好像躲避蜜蜂爬梳的痒。花与蜂都可变为化石，但电台大楼和编辑们变不了，人尤其变不成化石。人的遗体保存曾遇到了腐烂的问题。庄子说人的最后一口气离开身体即开始腐烂，气负责人体不烂。那么，把有些人的遗体变成化石，他们及其追随者会不会更称心？变是能变——我私见——只是时间太长，比如一亿年，还变吗？瞻仰者等得了一亿年吗？所以就算了，世上好多该办的事最后都不了了之。新杂志来到，电台的工程师在杂志封面外边黏一层牛皮纸，每天下班坐在台阶上读。冬天，他把屁股靠在收发室暖气上读。为什么不在家读？可能他老婆不允许活人读化石书。我想他就像矿难中蹲在巷道中吃一块木头的人，这是唯一的精神食粮。他每月需要把这本杂志均分三十份，每天只读一份，一个字都不能多读。多吃多占的结果是阅读饥荒。假如《化石》杂志四十八个页码。小月30日，他可读1.6页。大月31日，读1.55页，即读一页半之后再读六行。赶到二月份过年，每日可读1.72页，合算。过年干啥都合算。

人说比尔·盖茨盖的半穴居豪宅的前厅铺着始祖鸟化石。这么弄，好像不太吉利。但逝世的不是盖茨而是乔布森。化石有可能更接地气。我觉得可以把化石看成是玉。虽然玉顶着非常好听的称呼，有人在名字里加了玉，但玉没什么来头，看不出前生。化石的前生不言而喻，鱼、鸟，这是身份，有谱系。按能量守恒定律，万事万物都有一个前体或者叫因，都可以找到自己不同形态的前生。但人记不住前生，这辈子也没收到过提示，星座血型跟前生均无关系。假如我前生是一只猞猁，现在见到猞猁我一点儿都不激动。有人在街上喊"猞猁"——我也不会回头。所有的记忆一托生就被抹掉了。说到这儿，我更加佩服化石，人家有前生。而且，连蜻蜓都有化石，人却没有。人死了火化，更没机会化石了。地球上每几分钟消失一个物种，变化石根本变不过来。

假如有人发明出速成化石的办法，我提议变化石的清单是马鞍、小提琴、蜜蜂、眼镜、吉他、钱、苹果、西红柿、橘子、茶叶。提十项就行了，别人还提呢。可惜音乐不能化石，人的情感不能化石，云彩化不了石，味道不能化石。好多好东西都化不了石。音乐、情感、云彩、味道最后去了哪儿？谁也不知道。可能变成了暗物质，此事须问丁肇中。

石　头

即使把石头碾成齑粉，也找不到它的门。石头，我们怎样进入你的内部？像掰开杏看到杏核、砸开核桃见到核桃仁那样。把岩石凿开一个洞，即山洞，也进不到石头里面。而洞里面的石头仍然排列着沉默坚毅的脸，它们什么都不说。

组成世界的东西其实很少，有被我们称作天空的空气，还有泥土、河流、草木、火和石头。大地上比泥土更多的是石头。石头，你能告诉我们你是什么吗？

人把石头磨成平面，见到花纹，甚至显露出风景。在大理石的内部，藏着云烟、丘壑，有宋人笔意的漠漠云林，这里有人间的气息。石头何时留下了这些记忆，记这些做什么呢？不能怀疑，世间所有的美景都藏在了石头的内部。人在大理石上看见的图案只是它一个断面，或者叫一个瞬间，切掉这个断面，出现的是新的断面。它到底有多少断面，记录了多少风景呢？它有无数断面，只是不予人见。

石头组成我们所说的大山。"组成"这个词或许不对，山是一个整体，它分裂过，却无须组成。人的想法是进入山的里面——不仅仅是掏山洞——让石头敞开，接纳我们。我知道，石头的每一个分子都与其他分子牢固地结为一体，而不能像水那样透明。是的，水与水的分子也不可分割，但水可以装进壶里，掬在手上。水让人看到它的正面和背面，石永远不让人看到它背后的东西。我觉得问题出在人的眼睛上。人的眼睛只能看清一部分——也许是一小部分东西，当然这已经很好了——但目光看不清木头的质地和石头的质地。人的目光在所谓夜里会被屏蔽。也许，有的动物看石头如同看果园枝头上的果子，石头里的花纹、翡翠甚至金子在它眼里都清晰如图画，只是对它没什么用处。翡翠对狐狸来说并不比羊粪更有信息上的价值。

帝王用石头建造宫殿，再用石头建造陵墓，石头以其坚固威严和沉默为帝王提供生与死的场地。对石头来说，帝王如同一只小虫在它上面活过并死去。与时间并行的不是水而是光与石头。光每天搜查大地，甚至搜到了屋子里的每一个角落，寻找它要找的东西。光刺破空气，赋予万物色彩又让色彩退去。然而光无法穿透石头，石头没有门。石头里储藏了数不清的时间，我们所经历的时间去了哪里？什么东西里能装下这么多时间？或许它储藏在石头里。故此，石头永远不开门，故此石头沉重。虽然被存入石头的时间已被压缩过，但仍然太多并沉重。

石头里的铁矿是红色的时间。那些与火有关、与阳光与血有关的时间被打包变成铁。与植物有关的时间变成了铜矿。铜可黄可红，不经意间会流露绿，植物的时间露出了一些粉末。水晶是关于水的时间的压缩体，它透明并可以透视星相。不知道藏在石头里的玉是谁的时间。玉太神秘，它也是石头，但前面加一个玉字，人称玉石。玉几乎要脱离石头变为世间一切美物，玉雕的蝈蝈，几近于蝈蝈，但比蝈蝈值钱，它是玉。玉温润，凉沁，光滑，细腻。羊脂只是羊脂，细如羊脂的玉却是一块石。石头通灵，这是上大人曹雪芹说过的话。可是，玉储藏了谁的经历与时间？史上那些君子淑女已远去，上苍不欲他们的精魄离开此世，藏于石中，此为玉的前生。"忽反顾以流涕兮，哀高丘之无女。"离骚的这两句诗为鲁迅所爱，写下来挂在床头。人问：高丘指谁？无女是怎样的含意？鲁迅不答。高丘不是哪一个丘，也不一定是楚王。无女到底无哪一个女，对每一个人都不一样。每人的一生都有一段惋惜，值得反顾流涕，为高丘也为无女。那些高洁的人、醇和的人、温润的人的时光都被苍天收藏起来，放置某处。上苍戴着丝绸手套收藏他们的时光，包括他们的忍耐、涵养、笑容与永不摧折的理想，收之入石，成为玉。玉颜色青白，无味，摩挲经久出血络。玉是英雄美人的时光。英雄不光是武人，还应该有庄子、王羲之、苏轼等人，还有没留下姓名的人。他们活过的时间压缩在玉里，是玉的光，或质、或渺茫的云纹。

山峰上的岩石在等待时间弯曲。等待光像树一样在田野生长。石头的话被风、鸟儿、河流说过来，石头在静默里目睹白云坍塌。石头并非牢不可破，金子在岩石里奔跑。蝴蝶飞进石头里找不到飞出来的路。草履虫在石头里安家。石头能跟我们说句话吗？你不开口是在信一个什么样的承诺？那是对谁许下的承诺？如果鸟儿用叽叽喳喳传达石头的话，我们听不懂，风声和水声里的语义都不为我们所知，最后对石头一无所知。石头的姿态与人类毫无关系，仿佛与人类生活在不同的世纪甚至不同的光年里。世上一日对石头只是一秒，它还有亿万斯年的时间等着它悠闲度过。

铁里藏着红

红跑在血里；红飘在孩子的脸蛋和樱桃上；红用缎子被面裹住新婚夫妻的喜气；红从太阳里面跳入海里；红……

红藏在铁里，铁无论到哪里——成为钉子、锄头、锅还有炉子，它暗中都带着红。在火和铁交锋时，铁在火里取暖，它在火的语言里想到了自己的前生前世。铁来到世上，火是它的接生人。铁从火里闻到了腥性，那其实是它自己身上的味。它听到火发出"咝咝"的声音，好像被辣椒辣到了舌头，在空气里晾。

铁在火里变红，不仅因为想到了过去。铁的坚硬、冰凉被火收走，火教给铁怎样恋爱，包括拥抱和舔对方的脸，直至让铁红起来。

铁看自己的红像看到了一条鲤鱼，觉得自己正在火的河流里畅游。铁红了之后，身上第一次变得透明，像橘子那种透明，好像蕴藏着无限甜汁。铁红了之后，浑身都轻了。这时铁匠走过来，把铁砸成羽毛似的叶子，甚至可以飞。

黑与红是铁的表里世界，是它的肉体和灵魂。在大地上，铁永远穿一身黑衣，它穿这身黑衣经历春天的雨水。装满雨水的铁桶里有雨水唱歌，歌声落在铁桶的脊背上。

穿黑衣的铁钉在椴木里寻找年轮，固定了窗和床。当铁锹和锄板被磨得白亮时，那是铁的梦境。雨水、泥土和空气让它重新换上黑衣。它习惯了这身衣服，是礼服也是工作服。铁走到哪里都被称为工匠，而且常常站在门外，被装在帆布兜子里。

铁走遍天涯，那些树啊，那些在森林里歌唱、为小鸟做窝的树遇到了铁之后变成了大马车、风箱、房梁和一切。在古代，人和什么在一起？外边是土，家里是树——但它已经变成了木头。树的花纹黯淡于炕沿、门、摇篮和桌椅上。人躺在趴在倚在这些树上，它们身上曾经有露水和昆虫。铁把树变成了家具和工具，铁从不因此后悔羞愧，它来自岩石却比岩石锋利。铁的脸上流不出一滴泪，只挂白霜。铁在岩石里沉睡时是游民、种子和儿童，熔炉把它们招呼到一起，把无数铁变成一块铁，使它们比岩石更坚硬。铁变成铁就没有回头路可走，它出生前的石头已化为齑粉。

世上回不了家的东西是什么？它们是冰雪，是桃花，是苹果，是铁和家具。铁做了铁甲铁钩，不求超度，但它心里还藏着红，遇到火，铁慢慢地变成黎明那种红；红过了，它身上掉下一层白白的灰烬。即使没遇到火，铁也会红。它不打算当铁的时候，雨水帮助它们生锈，如蛇蜕皮那样一层层蚀解。回到泥土里，那些铁锈成暗红色，比火里的铁颜色更深，仍然红。铁的孕育和归隐都离不开红。

沙　滩

世上最难理解的东西是沙子，或者叫砂子。没见过沙子什么时间被加工过，但比加工的还精细、还晶莹、还茫然。

走在海边的沙滩上，我除了自己的脚印什么都看不到。捧起沙子，有一个声音问我：沙子是什么？

我不知道，这实在是最深奥而非最深奥的问题。

你可以把它的前身想象成一块巨大的石英石，半透明，但还没有透明到磨成凸透镜片把阳光变成火种的程度。后来这块巨石碎了，变成了沙子。问题是谁让石头碎了，碎得这么均匀？

见到沙子，我知道我们不了解的事情多了。

沙子的前身可能是一颗星星，叫水瓶星，跟摩羯星顶牛旋转，火星喷云，落地为尘，变成了地球的沙子。

或者有一位游戏的天星，捕捉其他的小星按在地上研粉。他手里有一个筛子，网眼像沙子那么细，星粉漏到人间。

我走过沙滩，感觉走在别人的东西上，像什么洒了，而我们管它叫沙子。沙子时时挑战人的观念——它没有主次，没有首尾，没有营养，没有矗立。沙子挑战人对秩序与伟大的膜拜，一无表情。

人幸运自己的体积比沙子大，人如果小似真菌，看沙子就看到了玲珑的玉山，宫殿叠加，巍峨入云。真菌的人在沙粒的水晶宫中穿行，看到折射的虹霓像老者的花镜。在海滩的沙子底下，听浪头如白衣宪兵搜捕海的腥味，水渗半尺，沙子留下泡沫的帐篷。

在沙子的宫殿里穿行，便于领会诗词意境。"乱石崩云，惊涛裂岸，卷起千堆雪，故垒西边……"苏轼原本是写沙世界。我小时候拿放大镜看沙子，企图在沙子的石壁上找到几个字。"文革"初，人说长篇小说《欧阳海之歌》封面画里藏着一幅反动标语，我没看出来，转向沙子里寻找，无。放大镜太小，看到的沙子像皮冻一样。

如果沙子生长，每年长一点点儿，每粒沙子长得像白菜那么大，人们开始喜欢沙子，每人搬一块回家渍酸菜。

沙子来自外星。沙子被古埃及人用来测量时间，沙漏搬运时间只留下沙子匿名的脸。沙子代表虚无。沙子是水和生命的反物质。沙子仰观云飞雾散。沙子喻示以前或以后的史前时代。沙子是滔滔奔涌的石头河流，暗示自己是某一种水。儿童喜欢沙子，母鸡和骆驼喜欢沙子。沙子的浪花在风里。沙子是大自然的形态之一。沙子这个名起得不怎么好。沙子是自然界最大的疑团。

色彩的旋转和燃烧

除了月亮，找不到比油菜花更黄的颜色。油菜花像一壶发酵过分的酒倒在方形的池里，让蝴蝶醉得飞不稳。油菜花盛开的地上没有向日葵，它融化了所有的黄。

大自然知道绘画补色的道理，油菜花让天空更蓝，蓝得像漆，像没有一丝波纹的海。蓝天在油菜花的映衬下十分平静，让白云走路发不出一丝声音。

油菜花的色调让游客兴奋，除了照相，他们不知还应该做些什么。如果没发明照相机，人在油菜花地手脚都没地方放。他们不会像蝴蝶那样挑剔地翻飞，又不会像蜜蜂那样歌唱。人在油菜花地抚不平驿动的心，他们在油菜花前站着、蹲着、商量，除了照相还能做什么呢？人被油菜花感动了，说不出这种感动，只好照相。

人被色彩感动，验证了莫奈的信念：仅仅是色彩就可以感动人，线条并不重要。大脑神经学至今没有发现人被色彩感动的机理。粉色的杏花是冰雪消融之后的娇嫩，是大地回春的婴儿。这一种粉让人晕眩，如超现实主义的云。人在粉色面前反应迟钝，被这么密的花瓣搅乱心思，为落在脏土上的花瓣珍惜，粉色让人不知所措。青草的绿令人安稳，草和庄稼如果不绿，大地仿佛成不了家园。绿色让泥土的褐色显出一点儿亮调子，露出泥土的生机。

色彩是大自然对人的恩泽之一。春天给人送来的希望首先从色彩开始。花所包含的活力不在它的质地，更在它鲜艳的色彩。人除了用粮食和水喂饱自己之外，还离不开色彩的哺育。白云的白、蓝天的蓝、青草的青，是人的眼睛乃至心灵的粮食，色彩对人生的意义无法被代替。

油菜花的金黄相当于色彩的舞蹈。它在旋转、在燃烧，只是眼睛说不出这些感受，甘心做它的俘虏。人的目光当过大海的俘虏，当过白雪的俘虏，当过桃花的俘虏。一个饥饿者饱餐色彩，而后心安。

油菜典雅的黄花比红色还热烈，颜色从花上流淌遍地，它像大地的新娘。油菜花的金黄让人感到人类印染业、印刷业与画家手中的颜料虽鲜艳但没有生命力。

油菜花是大地的音乐，包括合唱与铜管乐齐奏。它喂饱了无数眼睛之后再用菜籽榨油。到油菜花地徜徉，最羡慕那些昆虫。蜜蜂最值得做的事就是一头栽进油菜花里，半个月都不要出来，世上再也找不到比油菜花更好的宫殿了。

露水的信

> 不要踏过露水
>
> 因为有过人夜哭……
>
> ——阿垅《无题》

这是七月诗派诗人阿垅写于一九四四年的诗。

白茫茫的露水，在秋季尤为苍凉。我在罕山脚下的月夜，见山坡的草尖挂一片露水，每一滴都流露决绝的苍白。大地如同哭过，为了草木凋零。我在落叶松的针叶上走，听不到自己的脚步声，心里想，露水究竟是什么呢？

我现在也不知道露水从哪儿来，好像每株草身上藏有一口井，汲水捧在手心。给谁喝呢？按说，这是送给小鸟和蚂蚱的饮品，但谁也没见过小鸟趴在草上喝水，蚂蚱、螳螂、蟋蟀们好像都不喝水。从生理学说，具备血液的哺乳动物才饮水，肠道吸收水分补充血液。蚂蚱有肠子吗？它们并没有血。人们惯常把含有血红细胞并在血管里运行的体液叫作血。血的第一个功能是运送氧气与排出二氧化碳，这是对有肺叶的生物而言，蚂蚱没这些东西。

人童年和老年泪水的比重都不同。泪水从儿童眼里涌出，化为一滴泪在脸蛋挂着，如露珠那样饱满。我冒昧揣想，儿童泪水的水分子结构或与成人不同，属于大分子，聚成团而不破，与露珠仿佛。而成人的泪，特别是老年人的泪流下来散在脸上，化了，见不到珠。人老了，连泪水都出水货了吗？散掉的泪是小分子结构，钠含量高，流得快。成年人流泪，只见他们用手抹，见不到泪水，说话鼻腔堵塞，鼻腔无共鸣，这是真哭。电视剧演员用眼药水假哭，一听声音就听出赝品哭。而儿童是另一番情景，号啕的同时倾诉，鼻腔照样共鸣。儿童厉害呀，他们大滴的泪水多么真挚。

露珠挂在草上如同挂不住，但还在挂着。草为能抱住这么一团水而昂然，它们昂然有理由。拿人来说，没有盆，没有碗，你能抱住一团赤裸裸的水吗？不能，人抱不住水。如果哪天见到露珠满身的人，估计他已得道成仙了，可写入《本草纲目》。

水在人的细胞内也是一颗颗露水，被细胞膜包着，钾和钠承担细胞壁的水平衡，不要瘪了，也不要涨破。从比重说，把人看成是水做的没说错，水占到人体百分之七十以上。人脸生皱纹是皮肤水代谢出了问题，皮薄了才生皱。然而多喝水并不能直接喝进皮肤里。人空腹饮水，三十秒进入肠道，多余的水全被排出。人类皮肤的水分靠脂肪（油性）来平衡，油性少了，水也少了。你看不到一个老年人对着镜子挤粉刺，他的皮肤与内心已经没有多余的脂肪与情感化为粉刺，油少了。年龄控制人的一切。

我的曾祖母曾说露水是月亮给太阳写的信，夜晚挂草上，太阳早晨收走。曾祖母努恩吉雅给我讲过许多稀奇古怪的事情，不知是她的创作还是民间传说。

月亮给太阳写了什么？我问曾祖母。

哎呀，信里面什么事情都有。曾祖母回答我。谁家丢了羊，猫干了哪些坏事，蛤蟆干了哪些坏事，月亮都要告诉太阳。

人能看懂露水的信吗？

她说：甘旗卡那地方有一个说书的人专门看这些信。这个说书人叫龙台，他把露珠拿到嘴里尝一下，就知道信的内容。

他比太阳先知道信的内容？我问。

对的。曾祖母说，但他不是太阳，知道了也没用。龙台从露水里知道了许多药方，可以治好门牙中间的缝。

这是讥讽我。我两颗门牙中间有缝，这是我特意用一分钱硬币别开的。有了缝，含一口水从牙缝中可以滋出一米远，冲跑墙上爬的蚂蚁。听曾祖母这样说，我猜露水里有信是她的即兴创作，相声术语叫"现挂"。

再说阿垅，他本名陈守梅，杭州人，黄埔军校十期毕业生，曾做中共地下工作。一九五五年受胡风案牵连下狱，一九六七年病死狱中。《无题》结尾写道："我们无罪，然后我们凋谢。"

流　水

　　流水的声音好听，从小溪穿过鹅卵石，乃至水穿过人的喉咙钻入肚子里的声音，都好听。跑步之后，口渴如弱禾，仰面饮水，我听到"咚咚"的水声，极为敬佩。这是什么声音？水砸在肠子上，还是喉咙像活塞一样收缩？

　　夏季跑步之后，我大约要喝一千二百四十六毫升的水，其中漏出来一些，化为汗。运动结束，人的皮肤如同漏斗。喝过水，你盯着自己的胸脯看，每个汗毛眼都冒出一眼泉，互相投奔，化为大滴的汗流下，还拐走了我体内的一些盐分。回头多吃一个咸鸭蛋就成了。

　　喝过水，我想象水在身体里面的神秘旅行，经过胃，在小肠排空，进入血液当中。我拍拍大腿、胳膊，和那些水打个招呼：到了？都到了。其中最活跃的水，已经跑入微细血管，即身体的表层，所谓皮肤。

　　我喝过的水，有龙井、可乐、伪装成苹果颜色味道的碳酸饮料，还有矿泉水、自来水。它们在血里流淌，如果把听诊器放在脉搏上，所听到的就是流水的声音，咚咚，跟喝水的声音差不多。

　　水的声音，是水的喊叫与诗歌。水流的时候，一点点儿的阻遏、不平、回转都要发出声音。如果在三里之外听一个瀑布的喊叫，急促的呐喊变为低缓的喉音，像弦乐的大提琴声部。而滴水之音，是孩子的独语，清脆而天真，像念课文一样。屋檐的泻水是女人的絮叨，漫长而缺少确切的意义。而风中的雨水，像鞭子与泼墨写意，是男人的心声，在夜里听到尤为峻切。

在北方的冬季，河床的冰下会传出流水的声音，像笑声，不由让人想趴在冰上寻找一阵。冰下的水流黔黑，浮漾白雾，庇护着黑脊的游鱼。如果人耳的听觉范围再扩大一些，还会听到水在树里流淌的声音、在花盆的土里渗透的声音：呼啦啦、哗啦啦，像在龙宫里一样。

千岛湖的美与善

千岛湖的胜景不止于水天浩渺，更妙处在观此湖有山可登，缆车送你升于群峰之巅饱览湖景。在山巅观湖的心情已经不能以"欣赏"二字形容，欣赏这个词太平淡。欣赏是对平凡美景的浏览，而高踞山巅看大块山河，分明要赞美感叹。感叹什么呢？感叹大美天下竟然被你俯瞰得之。有句话说"角度决定态度"。高山观千岛湖，改变了你对千岛湖及一切湖的态度，站在此处可晓天下，心胸顿开。

我去过黑龙江的兴凯湖和俄国境内的贝加尔湖，都是大湖，大得不得了。可是人眼睛的视力面对这么大的湖显然不够完善。人眼也就看出两三千公尺远，还得是在晴朗天气。多大的湖对人类来说只不过看到方圆两三千公尺，其湖之大，只是听说而已。留下这样的缺憾，怨只怨人类个头太矮，看不尽湖海全貌。高者如姚明，也只比别人多看出二十公尺的水面。人不能扛着梯子去观湖，能扛动的梯子都不高。消防部队有一种云梯车甚好，我早就相中了。云梯打开高度可达六十公尺，但他们不借你旅游使用。而湖边，就我看过的湖而言，都没有高山，不足以登高山而观大湖。山之存在，并不为你观湖而矗立湖边。

千岛湖有奇异景观，游人登上山巅俯瞰湖水，享受到了玉皇大帝的视角。玉帝每天都这样那样地俯瞰五湖四海，一目了然。在山巅观湖的游客看到千岛湖辽阔无边，水面如镜，云彩成行成队留影湖心，就有了一点儿玉皇大帝才有的眼界。有些人第一次看到此景，难免要抬起手臂指点江山。此江山不是浙西的江山县，而是千岛湖的水面、岛屿、鸥鸟和云彩。人在此刻，胸膛如充气娃娃一样充满豪气，不抬臂指点一些景物就不得劲儿。我从未在这么高的位置见过这么浩瀚的水面，如鸟儿一般从天空俯瞰大地，俯瞰大地上静谧的湖泊。湖水如鱼肚般呈现银白的光泽，中间有顶戴密林的黛青的岛屿，这只有在山顶上才看得到。

小时候我攀登老家的红山，看到山上的岩石里镶嵌海螺的化石。山顶的岩石里怎么会有海螺呢？别人告诉我，红山当年是海底。我听了大吃一惊，高高的红山当年竟然是海底。问是哪一年，答亿万斯年之前那一年。这消息对我来说比游泳池卖半价票还令人惊讶，我怀疑这个人在造谣。还有一年，我已五十几岁，问一位制作珊瑚戒指的蒙古工匠，好珊瑚产在哪里？他说青藏高原。问为什么呢？他说青藏高原当年是海底。好多事说着说着就到了海底，证明这不是造谣，这两人也并不认识。如今我站在山顶观望千岛湖，其景与当年青藏高原以及红山被海水淹没的情形约略相同。也是当年（1959年），政府建新安江水库，开闸放水，淹没了村庄、耕地和古老的县城。于是，我们这个星球上出现千岛湖这一奇观。我眼前星罗棋布的一千多个岛屿，实为一千多座山峰的顶部，还有一些较矮的山被淹没了，失去了当岛的资格。而我们脚下的山更高，可以俯瞰那些岛屿。故此脚下这座山仍然叫山，而不叫岛。再一想，海洋上的岛屿也是海里的山峰，露出海面而已。

我们在这里看湖，看名字叫作岛屿的无数山巅，看汽艇像一条浮出水面的白鱼游过来，两舷划出长长的水痕；看群鸟飞过湖面如有人在天空撒了一捧树叶子，看岛屿戴着绿绿的树林的帽子，看远处淳安县城的高楼如海市蜃楼。这番风景难得见到，虽然想起那么多村庄耕地被淹心里不大好受。下山时，我向左边的湖水挥了挥手，又向右边的湖水挥了挥手，把肋间涌上的豪气往外放一放。

　　下山乘汽艇游湖，见到湖水清得如一碗水。于舷边往水里看，无浊流，无乱七八糟的藻类。你从水面映出的石壁的青翠倒影就知道这里水质清洁。人说杭州已准备把千岛湖作为饮用水的水源地，导游问我高不高兴。我说高兴，但我想这么大一湖的水可饮人，自然湖里的鱼虾也可饮可活，我还是先为鱼虾高兴。人不喝千岛湖水还可以上超市买矿泉水。说到这里，要说千岛湖不仅美，指风光；还有善，其水生物体皆可饮用，比美的意义更深远。

蜜山的蜜

这是多好的名字——蜜山，是不是世上只有千岛湖才有这么美妙的名字呢？我没听过其他地方有叫蜜的山。

登这样的山之前宜想象，想象它是否有澄黄如蜜的岩石，想象那里野蜂飞舞。然而登上了此山发现山上到处是树，泉水曲折流，鸟儿啼鸣，却没有蜂箱与蜂群，唯一与蜜有关的线索是刻在石壁上的大字——"蜜山"。这就更好了，符合禅宗的道理：一切外相不过梦幻泡影，蜜由心造，生于内心不辞辛苦的想象。

山上有一处禅宗寺院，我在墙上刻着的《心经》上面看到了另一个蜜——"观自在菩萨行深波罗蜜多时，照见五蕴皆空"。蜜在经文里面，然而五蕴皆空。庙宇清净，被层层叠叠的树木包裹着，树与山又被千岛湖水万千波澜包裹着，称得上秘境。但庙里的僧人对这里的空寂颇感落寞，香火钱毕竟是他们主要的供养。

在雨中登此蜜山，雨下了一会儿不下了，好像下雨没什么意思。石阶的凿坑里装满了清亮的雨水，这些密密麻麻的坑里的水是刚下的雨或先前下的雨就说不清了。这些小水洼在石阶的麻子里闪光，企图把天上的云彩都装进来。因为有湖，蜜山上的鸟比其他地方更多。湖里有搞不清数量的鱼虾，小鸟儿们吃是吃不完的。林木遮住了天光，看不见鸟儿飞，耳畔却有不尽的鸟鸣。我喜欢用"流丽光昌"形容鸟鸣，这里再用一次——这么圆润的、水滴般的、不解其意的鸟啼何等流丽光昌。它们的合唱比和尚诵经的声音传得更远。

告别桑园

搬家之后，我也离开了桑园。

桑园是我对它的称谓，市政当局并没有任命，石上刻着"青年园"。这一片绿荫当中曾有一棵桑树。我见过桑葚由绿变红，像鱼子一样饱满地挤在一起。就管它叫桑园。

树木是城里找不到的好朋友。它们多么宽容。我为什么使用"宽容"这个词？因为它们始终接纳我，似乎还知道我写短文称颂着它们，曰"桑园"。

有许多次，我幼稚地——幼稚的意思是扭捏——想和桑园做一次道别，却不知怎么做。它们，依然缄默、沉郁、凡俗，让人有话说不出来，应该说"人尤如此，树何以堪"。仿佛树比我们还能担待：就走吧，没啥。

即使闭上眼睛，我也能说出桑园每一棵树的位置，说出树种和它身边常有的垃圾。桑园一共有五棵松树，包括练功之人为挂衣服而钉铁钉的两棵松树，有迎春花、洋荆木、碧桃树、杏树和被遛狗的人踩得狗屁不是的洋草坪。

有一天，我走过那条街，误入桑园，沿着回廊走。之前瑞雪先降，树们苴苴耸立，顶戴白雪之冠，于清明的夜色中楚楚生动。我说，多像仙境啊，并企图和每一株树拉拉手——大干部和僚属见面时，常自然而然拉拉手。树于深夜的静默，让人无法轻浮。它们——我说的是树，此刻收住了心跳脉搏，把呼吸也屏回，只和天地交流。我和吾妻说，多像仙境啊，树们站立黝然，邪不可干。它们个个戴着棉花的白绒帽，雍容整肃，仿佛让我们惭愧。我们惭愧吗？只是离开了桑园。我还没准备好和新的邻居做朋友，在邻居身上发现美。但桑园难忘啊，没有置酒，也没有各式的仪式，说离开就离开了。

当我再去桑园的时候，已觉察出异己感。树哪也不走，人已搬迁。别指望它们谅解，植物比人还爱赌气，不理就不理吧，我只好偷偷地怀念。

珠　宝

我认为在雨后的桑园里走，会捡到珠宝。

雨后的土地多么干净。新鲜的黄土在雨水下渗的引力下，更紧密平整。白沙汇在一起，形成边缘性的弧圈。仔细看，在白沙的边缘，还有一线黑砂。

而逆光的树叶更加葱茏，它有意无意地轻飏，甩下叶面上滚圆的雨水。这时，地面上的小石子特别醒目，雨水把它们变新鲜了。黑石子显着珍贵，黄的有一股陶的味道。而小小的玻璃碎片，远远射来刺眼的光芒，一闪即逝，像鱼雷快艇上开探照灯的水手。近看，"玻璃碎片"有时只是一颗水珠。

呼　吸

　　喝酒的时候，打开瓶塞静置几个小时，它的味道才慢慢醒来，好像你不能强吻一个梦中的美人。初开瓶时，瓶里的气味令人不悦，躁而厉，亦像美人起床后尚未漱齿。

　　这是就红酒而言，若是五粮液，开瓶即饮，同时摄入不少香味。但多数白酒仍须开瓶让它和空气接触，行家叫让酒"呼吸"。

　　酒有灵魂，开瓶之日即涅槃之时，赴死而永生。酒，引颈吸足了底气，活动筋骨，然后大干。

　　呼吸不止于红酒，草木皆呼吸，于子夜最盛。一位小提琴大师告诉学生，把曲子拉好的关键是匀净每一句的呼吸。这是一位俄罗斯大师说的，却如通《易经》的国人的口吻。

　　刚才，我把广腹高脚杯擦得晶亮，斟半杯酒来到桑园，放在石凳上，读书。酒是法国产，据说属"天王"一级。

　　桑园并没有人经过，我喜欢射进红酒里的阳光。我想象，过一会儿，鸟儿会在头顶盘旋，几欲低飞窥视此杯醉人的光芒。

　　读书时，我不时看几眼酒，那种酡红无可言说，像藏着极大的秘密。血，在女人腿上翻卷的金丝绒，小心划一根火柴照亮的宝石。

我端起酒杯，轻轻晃曳，心想：你呼吸够了没有？啜一口咽下，感到它的身体栽到胃里，一路点燃温软的烛光；其魂魄上扬，在喉间缭绕，放出余香，和你悄悄说话。

　　我端着酒，等待鸟儿飞来助兴。

净月潭笔记

我喜欢山野里的花，替它们高兴。

林中和草滩的花，像赤脚跑过来的孩子，扬着脸，多幸福。一见到野花，我就爱说这句话，野花确实幸福。它们的床、它们的院子和学校是同一片草地。净月潭的野花不是被盼望、被呵护、被施肥哄出来的。花，如同在你转身那会儿从地下钻出来的。它们顽皮，笑嘻嘻地，好像见了你之后再去见别人。野花的花朵比草高出一头，头顶还有笔直入云的树，树的枝叶上面一会儿太阳，一会儿云彩。晚上，树轮悬挂星斗。野花，多幸福。

五六月份去净月潭，森林的野花弄不清有多么多。这是亚洲最大的人工次生林的森林王国，鲜花像流水洒在近万公顷的绿地。

初到净月潭，钟情于树。这些高大的沉默者，静穆于林，如旅途中的修行人，来自一个地方，再去一个地方，却站在这里。它是信使，古老的书函落地腐烂再从树身长出一片片叶子。叶子羽状掌状、扇形戟形，还有莲座与轮生的叶子。这些叶子装订成书，堆积如博物馆，在净月潭。

而后，喜欢净月潭的水。潭之水浩渺于天际，蜿蜒于丛林，宜于月下歌咏。牵引思绪的还有森林里的路。现今的路丑，高速路就像白条猪，好用而不好看；铁路是人类用钳子为土地施加的桎梏，路的暴发户。你看净月潭的路，是"道路"里的清纯少女，把人带到青草露水的远方。

我喜欢小的东西，尤其是于巨大面前袒露生机的小生命体。小花开放在苍郁的老树边上，像婴儿在摩天大楼下面嬉笑。可是，花开在空旷的林地上，太小了，没法亲近。蹲着看一朵花，花朵得意地扭颈子，其实没有风。一只短翅的小蝶飞来罩在花上，好像说：不许看！这是我的！

风铃草属桔梗科，每株挂四五个倒悬的铃儿。这是它的粉色花，像蜡纸糊的冬瓜形的灯笼，可惜不通电，安不上灯泡。它们有电，是生物电，用于爱情而不是灯泡。紫菀是群众性的花，一开一片，适于普及，菊科。花冠的十几片花瓣长而散，微紫，像白衬衣和淡紫的毛衣混洗之后的一点点儿紫，黄花蕊凸出。紫菀开花像一群人摊开手心，也像歌唱演员唱尽最后一个音，双臂通展。

桔梗比它们好看，花朵有白色和蓝紫色两种。桔梗花离地不高，花兜着，像气吹出来五个角。桔梗根制作的小菜，大号"狗宝咸菜"，是高丽名吃。

说到花就要夸耀它的鲜艳，虽然我觉得不艳之花更近于人的心迹。然而，鲜艳确乎是上帝赐给花朵而非其他物种的特权。没有人长得像鹤望兰那么热烈，也没有像花朵般鲜艳的动物，只有一部分鸟类的羽毛具有花性，人只是花心而已。净月潭的艳花如石竹花、紫茉莉、酢浆草，全都艳红惹火，但我看到最艳丽的花（实为果）是红姑娘。红姑娘是茄科植物酸浆的果实，又叫红灯笼、天泡儿。林地上，不期然遇到一棵红姑娘，鲜红的荚衣包裹红珠，没见过的会吓一跳，以为神物。《红楼梦》中林妹妹的前身叫

"绛珠草"。周汝昌考，绛珠草又叫苦苏，正是酸浆。东北乡村的孩子差不多人人吃过红姑娘，牙咬上，"啪"的一声，多籽，味甘。作家端木蕻良著文写过它，名《红姑娘》。

光说花，草类不爽。草认为写字之人重花轻草，无异于重色轻友。是的，这是中肯的批评。人类喜欢把花与草分开讲述，这是沿袭而来的愚蠢习惯，上帝并不这么做。对植物来说，茎、叶、花、果分不开，就像一个美女的脸蛋和她的肋骨、脾和脚踵都长在身体上。一个人说："美女，我爱你！"已包括爱她的脸蛋、脾、脚后跟、脑垂体和胳膊肘，虽然他盯着美女脸蛋说出这句话。植物的迷人包含了它在花朵之外的朴素与华丽。

金灯藤是旋花科，又叫日本菟丝子。我在净月潭发现这株花的时候，天已向晚。树身渐黑，林间斜入金黄的夕照。它紧密缠绕在萝藦的干上，茎为淡红色，近于透明，像婴儿的手指放在老年人的臂上。葛，在春天萌发葛条，黑绿表皮生出一层白芒，蚂蚁不来爬。一只凤蝶落上面，假装思考，假装吸葛条里的汁水。蝶飞走之后，摸一摸葛条，白芒软中含硬，凤蝶可能在搓脚，去除滑腻的花粉。酢浆草的叶片乍一看是六片，再数数，还是六片，其实是三片，每一片半折有痕。叶子圆而平展，露水落在上面一定搂不住，"啪哒"掉进土里。合欢的叶子羽状复生，比团体操还富于仪式美。它的花比较搞笑，像蒲公英把头发染红并吹成爆炸式。

述说花草，如癫人说梦，是说不清也说不完的絮叨。我在净月潭看看这朵花，瞧瞧那株草，直起身看树，觉得自己从一只蚂蚁变身麋鹿，胸次由小乃大。一个人在林中走，心里跟植物说话，浅近的话是"真美，真绿，真好"；深入一点儿，却说不出植物的锦绣心肠。

　　人对树说的话质朴，对草说的话绵密也质朴，跟花说的话没什么逻辑，跟林间小路说说话忽然想唱歌，跟云彩说话累脖子，见到净月潭的水之后没话说了。话无踪迹之后，心安静。看水面像镜子、像碧玉、像刀切的皮冻、像水……

静中日月长

　　这里真静谧，不管它叫舍力图还是独逸学院。我从早到晚敞开窗户，传进的只有小鸟的歌唱，楼下餐厅偶尔传出轻轻的笑。今天割草机来到窗外草地，像喝醉了一样轰鸣割草。我不明白割草设置那么大马力干吗？它割完气哼哼走了，留下草香不绝于鼻。看天，常见喷气式战斗机飞行，很高，听不到声。沈阳附近有个军用机场，战机飞过动人心魄，听说那里掉下过一架飞机，飞太低了。

　　静谧是不准确的词。动态可以用词形容，而静像止水，像透明的空气和光线，没法用词语状之。静者，姑且形容无声，其实是安然。世界上没有哪一个角落是无声的，鲍尔金娜在小说《门》中说："真正的静谧，人自身会发出一种声波，像蚂蚁交头接耳。"我们已经习惯把没有噪音叫"无声"了。都市的人所称噪声是车辆行驶鸣笛、工地机械、楼下互相骂娘和火车对面卧铺客的呼噜声。如果把声波震动转化为热动能，一百个打呼噜人都可牵引一辆车厢前进，不用买票，别人还得给他们献钱。

　　摆脱了这些噪音，人说寂静无声。这里的无声里除了鸟啼，还有青草翻身和树叶说梦话的声音，松鼠在枯干经年的褐色落叶上奔跑打滑发出的声音。我在森林里手摸一棵红松，树皮发出纸页的声音，这声音就是身份。大自然有无穷无尽的声音，昼夜而发，夜里更多一些。交织一起变成所谓的籁——浑然的声波，像大提琴在低音声部的运弓，一直往右拉，不回弓。曼托瓦尼乐队就是这么处理尾音的——录音时，把起弓声贴在回弓上。就如同乐队的人合力运一把弓，边运边走，从斯图加特走到瑞士琉森，像一队贩私盐的人。

静谧包括阳光照在十八世纪的老瓦上，瓦身凑巧掉了一些粉末，落地上发出微小的声。树把阴影移到草地上，晒太阳的小虫抱怨着转移到亮处的行进声。草叶阻挡风的声音。这些声音本来可以构成轰鸣，但树、草和泥土把声音过滤吸收了，使人的耳膜感到安适。人耳更适合听到和谐的声音，如乐器之大三和弦，或雨水声、敲玻璃杯声。敲玻璃杯声之悦耳极为奥妙——当，此音并不是一个音，还有回声，箕泛音。泛音发出最多的是鸟啼，一个音分出两层。最悦人的是小鸟唱时喉咙里仿佛有水没咽下去，行家叫"水音儿"。邢台一带管这种鸟就叫"衣滴水儿"。为什么是衣，而不是一呢？这一类的问题没地方问去，自己在心里闷着吧。

窗外是天地之籁，窗内是收音机的音乐和介绍性的德语。这个电台早四点起播大作品，交响乐。下午播音乐会现场（有掌声）。晚上播小作品，如合唱、单簧管奏鸣曲、小提琴奏鸣曲。我比较听不进去的是主持人和音乐家的对话访谈，音乐家回答问题像吵架。

我在"静"里，觉得时间真正现出了本色，它们像脱光了外衣在溪水里游走，和市场里尖锐的时间、机场破碎的时间、官场沉闷的时间都不一样。静的时间干净，时间长。我像牧区的人那样放弃了手机手表，看窗外揣摩时间。有时候，时间多到一堆，蹲在窗台上看我写作。我躺在床上，床单被褥洁白，觉得应该想点儿事情了，却不知想啥。家人劝我四处出游，比利时、法国、瑞士，我以为这么静静待着非常好。上哪儿能找到这么安静、草香鸟啼的地方歇着？不好找，今日偏得了。

过青龙桥

　　青龙桥车站位于燕山长城的豁谷之间。如果说长城是龙，在青龙桥看长城，不如说此处的山是龙。山的这边那边就是塞外与中原。山势起伏如痛苦挣脱，像把脚踝磨出白骨来淌着血水的大锁链。长城修在这样的山上令人惊心动魄，或者说只有这样的山上才应修长城。修了长城，就像天神一鞭子抽到北方的脊背上，这疼痛永不消失。静下心看青龙桥的长城，在仿佛连山羊都攀越不过的山上怎么能修出这样高峻的城墙呢？

　　旅客在换车头的时候下车徜徉，月台边上堆着一垛垛方正的青石条。这时，天上飘下小清雪。在苍凉雄峻的群山城堞之间，小清雪们极其羞怯，落在地上蹑手蹑脚，仿佛怕惊动了什么人。然而，犹犹疑疑的小清雪还是结成疏松的白网，洒在地上，毛茸茸的。有的雪花化了，也只是湿了那么一小点儿的地方。

　　这里面确实有一些不寻常了。上车往前走，我才知道不寻常之处在哪里。

　　那是在山坳中，有两株杏花开了，一红一白，我大为惊奇。在北方，杏花不同南方的梅花，与雪绝不同一时令开放。雪中看杏花，令人说不出话来。杏树只有人的肩膀那么高，是灌木似的山杏树，枝丫横逸。杏花只有十几朵吧。温婉的清雪在树干上融化了，树干变成湿润的深黑色，而仰着脸的杏花显出娇贵。这都是列车掠过那一瞬的印象。

在这雄浑的流了几百年的血的山里，仿佛应有锋镝过耳，马蹄把石块踏出火星。让苍凉的胡笳声飘在俯身而死的战士们的脊背上久久不散。在这里看到清雪中的杏花，令人触目惊心。

再次停车的时候，窗边的石壁已变为干燥的土崖。这是一个忘了名字的小站，土坡上露出新鲜的黄土，那是庄稼人用马车拉走填猪圈积肥用的。在没被挖走的土坡上，长着一片片寸把长的枯干的小草。草色黄得如油画一般典雅，毛茸茸的。有一块草被野火烧了有磨盘大的地方，野火熄灭处一圈锯齿似的焦黑。似欲进欲退，那黑色非常触目。

铁　　轨

　　我送阿如汉回赤峰，走过车站天桥的时候，从绿漆的木壁板的窗户里，看到了通向远方的铁轨。从这个窗口看，铁轨像白箭的河流，从脚下钻出去。

　　我喜欢看铁轨在远处转弯的样子，这使它更像一条道路。如果弯过去的铁轨被树丛遮蔽，感觉更有趣。火车将要开到一个很好的地方，那边应该有河与浮水的白鹅，老人站在石砌的院墙里的枣树下，向火车凝望。

　　车站只有两处地方阔气，一处是站前广场，另一处是布满密密麻麻铁轨的站台。其间亮着红灯绿灯，糙声的喇叭里传来铁路的神秘指令：洞拐洞进八道，然后是沙沙的噪声。我小时候，父母领我在午夜的新立屯下车，寒冷。我们高抬脚，横穿铁轨到站台上去，城市里没有灯火。喇叭里突然传出男声，说一串古怪的话，我学不了又忘不掉。大约是"喔噜喔哩，哩咚锵咚，咚，瓦里锵咚咚"。在冬夜里，显得十分突兀可怖，而且说完再也不语。我问父亲这是说什么。他沉吟少顷，说："跟火车司机说事呢。"

　　眼下这座天桥还是日本人修建的，木制。踏上去，"咚咚"地抖颤，却未垮，真使人感到岁月倥偬。六十多年来，有多少人埋头从这儿疾走，去远方或临家。

　　铁轨银白是车辆频驰的标记，而下面的枕木边上，仍有一蓬蓬的绿草。它无视头顶隆隆的车轮，安闲地舒枝展叶。有些铁轨，只经一夜的雨水，就泛出黄蒙蒙的铁斑，好像说该歇歇了。在我的印象中，雪后的铁轨里黑辘辘的，是一道道包裹大地的绳索。

阿如汉现在已是一名商人，扛着沉重的货物在蚁密的人群里躲闪冲钻。然而他还是一个小孩儿，当说到货与款有所出入时，竟吓得脸色发白。

"舅舅，走吧。"阿如汉说。我们扛着货，到 4 站台等候开往赤峰的 208 次普快列车。

铁路的尽头

　　地图上，我的老家位于铁路的尽头。铁路修到这里不修了，或修不下去了，值得商榷。那时我还是少年，有一天背上军用水壶，揣干粮踏勘这件事。

　　赤峰在地图上是个圆圈，代表铁路的红线止于圆圈。事实却没这么简单，铁路经过车站又修了挺远。这一段在地图上不应该短于一韭菜叶。我想象的铁路尽头是这样的：它修到一座悬崖上，下面是万丈深渊，不能修了。第二种情况在平原，铁轨无端地停在某一处，边上立一牌子写道——铁路修到此处为止，年月日。最后那根枕木如同漫长的行军队伍中末尾的士兵，我觉得那根枕木一定像老兵。第三种情形是在铁路尽头立一堵墙。从这边看，铁轨好像从墙底下穿过去了，从墙那边看并没有。这都是我想象的，实际情形可能更好看。总之，铁路的尽头——富有诗意，跟蛮荒、雄壮、神秘都有一些联系。

　　那一天我踩着铁轨往西边走，反正也没火车了，随便走。铁路的方向对着一座山。我认为这个思路对头，铁路修进山洞里，才是它真正的归宿。火车可以在山洞里尽情歌着，像个仓库。我走了很久，大约十华里吧，铁路沿山很圆滑地拐弯了。它为什么不钻进山里？它简直在骗人。铁路沿着山脚绕了过去，还往前修？不拉人到这里干吗来？

多大的浪费啊！在地图上，它超过圆圈大约有两个韭菜叶宽了，纯属多余。我继续向前走，铁路顺地球的漫圆下坡了，一点儿道理都没有。走到这一处，看到野兔。一只坐不远处看我，我追将过去捕之，这只黄野兔待我靠近才跑，当然比我快。非但快，它还坏。野兔钻进一丛灌木——待我冲进去才知道是荆棘。我像落在蛛网上的小虫被刮住了，衣服撕破两个口子。荆棘丛下面是蜥蜴的家，蜥蜴跳着冲进洞里，洞的嘴像吃面条一样把它吞进去。这儿还有大片的蓝莓。全世界没人知道这里有多到令人意外的美味的蓝莓。我盘桓一遭儿，再找铁路却找不到了。这是我所遇到的一个铁路失踪事件。既然星星在天空会失踪，简陋的铁轨也有这种可能。也可能没失踪，铁路派兔子引我于歧途。我衣衫褴褛回到家中，至今也不知所谓铁路的尽头是什么样子。

雅歌六章

一

山坡上，有一棵孤独的高粱，它的身边什么也没有，山坡的后面是几团秋云。高粱脚下的茭迹证明，伙伴们被农人割下，用牲口运走了。

那么，农人你为什么留下这一棵高粱？这是善良抑或是残酷，说不清。

高粱很高，兀自站在秋天的田野，样子也高傲。它的叶子像折纸一样自半腰垂下来，又如披挂罗带的古人。叶子在风中哗哗商量不定。我想它可能是一位高粱王。

山坡下面是一条公路，班车不时开过。这是高粱常常能看到的景物。看这样的景物有什么用呢？对高粱来说，此刻它最喜欢躺在场院里了。

观看一棵孤独的高粱，能真切地看出高粱的模样。我站在它身旁，拉着它腰间的叶子握了握，想到它的主人，那个割地的农人。

我手握着这棵高粱向山下看，如同执红缨枪的士兵。撒开的时候，心情有一种异样，怕它跌倒，但它仍站立着，很奇怪。

我连连回头，下山了。

几年后的一日，下午闲坐，忽然想起这棵高粱。急欲买车票去看它，并为此焦躁。像这样一件奇异的事情，我怎么能够才想起来呢？那一年的冬天，北风或飘雪的日子，高粱不知怎样了。这确实是一种后话。

我想，我若是一个有钱的雕塑家，就在路旁买下一块地，什么也不种，只雕塑一棵兀立的高粱。不久，就会有许多人来观看。

二

我希望有机会表达一个愿望，然而这愿望很快被忘记了。今天的路上，我想起了它，并因此高兴。

赞美公鸡。

我很久没有见过鸡了。城里不许养鸡，菜市场一排排倒悬的白条鸡，不是我想看的那种。

古人愿意为世间万物诠释，即哲学所谓"概括"，并找出它们与人之间的联系。他们说，鸡有四德：守信，清晨报晓；斗勇，锊羽相拼；友爱，保护同类；华饰，通体漂亮。

我妻子属鸡，在本命年时，我把"鸡之四德"抄下送她。她除了"斗勇"一条之外，其他"三德"兼备，加上家政勤勉，也凑成"四德"。

我猜想"四德"的撰者在赞美公鸡而非母鸡。那么我再为它添上"一德"：好色，妻妾成群。

我原来漠然于公鸡的存在。小时候，尤戒惧于邻家篱笆上以一只瞎眼睥睨我的公鸡，它常不期然扑来啄我。

后来我暗暗佩服上了公鸡。

公鸡永远高昂着头，即使在人的面前也如此。脸庞醉红，戴着鲜艳的冠子，一副王侯之相。它在观察时极郑重，颈子一顿一挫，也是大人物做派。公鸡走路是真正的开步走，像舞台上的京剧演员，抬腿、落下，一板一眼，仿佛在检阅什么。当四野无物时，公鸡也这么郑重，此为慎独。

说到公鸡羽毛的漂亮，更为人所共知。"流光溢彩"这个成语可为其写照。尤其是尾羽，高高耸起又曼妙垂下，在阳光下，色彩交织，不啻一幅激光防伪商标，证明是一只真公鸡。

公鸡身边环绕四五只母鸡乃寻常事。它只要雄赳赳走来，自然降服了母鸡的芳心。用不着像男人那样低三下四地求爱，还不一定成功。

当然公鸡也有缺点，鸡无完鸡。做爱前，它将头垂在地面，张着双翅，爪子细碎踏动，喉咙里杂音吞咽。我不忍睹，肉麻。

前年我去新宾，见到了一只美丽的大公鸡。新宾是努尔哈赤的故乡，风情迥异别处，大气苍茫。那里，山势龙形疾走，山下河水盘绕而过，水质清且浅兮。人们的相貌多具满洲人的特点：宽脸盘，红润健康。

我在集市上发现了一只大公鸡，漂亮极了，体形也大于同类，羽毛霞映。我真想买下来，但不知怎样处理。我身担公干，而且涉及警务，不宜抱着这样一只美丽的公鸡拜谒长官，回到家里也不易抚养。

这公鸡无惧色地看着我，额下的红肉坠一颤一颤。高贵呀，同志们！这是一只高贵的公鸡。

估计此鸡早已入镜。主人远它而去，不是嫉妒其贵族气质，而在于它不下蛋。人类对于鸡类的逻辑是重女轻男。

我喜欢这样的句子："四个四重奏。"

我希望在交织与错落中完成一种美。

比如，我愿意有一幅与喜鹊们合影的照片。在我看来，光是一个"鹊"字就比"雀"字高级，如同"雁"比"燕"辽远一样。

在这样的情境中，我希望用"合成"来表达这种需要。不仅与喜鹊们合影，又同它们"合成"一种意蕴。

在月台上，我等待一位久久未归的友人时，希望身旁有两只喜鹊。它们站在我脚下，或在离我不远的树上都行，构成同一画面。为了热肠的感觉，我膝下要有一只黄狗，它的嘴与眼俱黑，蹲在暮色的月台上。

就这样，我渴慕喜鹊。

曹孟德苍凉吟道："月明星稀，乌鹊南飞。绕树三匝，何枝可依?"诗好，但我对用"乌"来状鹊有些不满。

我喜欢过比亚兹莱黑白画的装饰味道。此刻知道，喜鹊才是高超的黑白版画。

在克什克腾，目睹喜鹊在枝上落下，无疑属于吉兆，喜鹊的尾巴像燕尾服一样，在枝上翘了几翘，优雅。

美丽的喜鹊，版画的喜鹊，我们来合一个影吧！我已厌倦了人与人之间站立一排、咧着大嘴的合影。

四

西班牙音乐中的响板。

安德捷斯用吉他弹的《悲伤的西班牙》，旋律深情婉转，旋律线下行并顿挫，拉丁风格往往戛然而止，女人骤展裙裾，男子转腰亮相。令人想起他们对于古罗马雕塑的景仰。

在这首曲子中，两段之间的过渡是一串响板，嗒哒啦嗒。最后的一个"嗒"音，如静夜醒板，似画龙点睛，没有它是万万不能的。

嗒哒啦嗒，旋律再次演奏。

我反复听这首曲子，是为了与这一声响板遭逢。佛家所谓"醒板"，是为了使人开悟。我悟了，嗒哒啦嗒。

五

三相是我朋友，他是北京人，祖父和父亲都是名医，后来蛰居小城。

三相漂亮，脸膛白里透着浅红，黄而略灰的瞳孔散发着俄罗斯式的热情与豪放。当然，他是北京人。

我们小时候在一起玩儿过，交情却不深。后来他喜欢上我了，其中原因我不清楚。他很纯洁，而我孤独。一般地说，人们不喜欢我。

这其中有一个原因在于，三相是聋人。他小时候，常用弹弓射击燕子。他奶奶告诫过他，不能打燕子，不然有灾。但三相还是把屋檐下的燕子打下来了。

"这是母燕子。"他对我说。母燕的遗骸在手上微温，羽毛的黑色里闪着异样的绿宝石般的光彩。

后来他聋了，说是游泳时耳朵进了水。这病连他爷爷都没给治好。

三相聋了之后，很少跟别人交流，因而他奇迹般地保留了北京口音。在我们那里，说普通话是受人讥笑的事情。然而，三相耳朵听不到别人的声音，依然满口京腔。

三相因为聋了，依然保持着儿时的语言系统，他不会骂人，因为他没听过骂人的话。我们说"果家"，他说"国家"；我们说"三卯"，他说"三毛"。我们很佩服他。

在冬天，我和妻子迎他进门，他从颈上绕着摘下紫红的围巾，那双黄而略灰的眼睛炯炯闪烁，讲述他关心的事情。

三相跑得极快。在学校的运动会上，他听不到发令枪声，看到别人跑出去之后再跃出，往往跑到第二名。

我搬家的时候，好多家具都处理了，但我没舍得那个书橱，这是三相打的。长大后，三相是一个木匠，我在大雨天推回这个书橱。它至今仍在我的房子里，成了女儿的书橱。

我希望三相到来，说一口北京话，眼睛炯炯有神。但是，到哪里去找他呢？

三相姓张，其兄为大相与二相。他姐二朵，是我姐塔娜的朋友。他小弟四相，堂弟五相。

六

我居所邻近有一所小学。

每天上午九点半或下午三点，孩子们从教室拥出游戏，我的耳边便灌满欢呼。

在这片欢愉的声浪里，许多声音汇在一起而变为"啊"的潮音，偶尔有一两声尖叫，也是由于喜悦而引起的。

孩子们必在校园里奔跑环绕，他们不吝惜使自己的声音放肆而出，感染着街市，感染着像我这样坐在屋里的人。

上帝生活在大自然当中

　　如果有人想寻找上帝却找不到，我向他提的建议是——到野地里寻找吧，上帝生活在大自然当中。

　　上帝喜欢大自然吗？是的。上帝如果不喜欢大自然，地球上就没什么值得他喜欢的东西了。况且——我们以渺小的人类的思维推理一下——假如上帝也需要一座休息的房子，需要一处院落的话，那里应该有树和树荫、花朵和泉水，有小鸟鸣唱以及松鼠鬼头鬼脑地爬到树顶上。那里的空气好一些，河流没有污染。这个地方在哪儿，叫什么？我们不必猜它的地名，比如泰国的清迈、美国的贝格力溪谷，它只是大自然而已，是自然的一小块。上帝不超重，不需要占用过多的土地。

　　反过来说，上帝生活的地方不会是上海，也不在杭州和广州。上帝难道会住楼吗？坐地铁倒出租车上天堂开会，不会吧？在有楼盘的地方，大自然正在灭绝。我在北京一个叫马兰里或马里兰的地方住过几天，这儿有一条河，而且有哗哗的流水声，月亮照在河里的落叶上蛮诗意。天亮了，我跑步发现这条河像蚯蚓一样被截成几段，截断的地方填土造出了房子。截河的地方之一盖着我正住的宾馆，它不是一般单位，我们姑且把它叫作据点吧。河原来活着的地方，现在是别墅或宾馆、会所与会议厅，平时没人，偶尔有人开开会或打打球。

被截断的河已经死去，所有死的东西都发臭。这条被截成池塘的河正在发臭，哗哗的水声从何而来呢？是一个伞形的喷水器把水抽出来再喷出去。这地方没有上帝，只有流浪猫和在草地上双脚一起蹦着走道的花喜鹊。

如果有上帝，他一定不年轻了，没听说上帝年轻。我觉得上帝的年龄应该比圣诞老人还大一些，之后他的年龄不再添加。"天增岁月人增寿"这话说的不是上帝，是我们，他到一定程度不再老了。身体健康、目光明亮、头脑清晰的上帝不喜欢住在城里，他喜欢乡村。但乡村正遇到一些陌生可怕的生物学名词，譬如血铅量——人血液里的含铅量超过阈值、血铬量、血钼量。俄罗斯海关经化验退回的中国大米、小麦、荞麦的铬量和铅量都超标，用来喂牲口都是一种残忍。中国烟草总公司回应中国烟草重金属超标的质疑时说，烟草不会比粮食所含的重金属更高，因为农作物生长在同样的土地上。种这些烟草和粮食的地方不会有上帝，尽管那里也叫乡村。

森林减少，草原荒漠化，河水断流，石山刷绿漆冒充青草，城市太逼仄了，上帝到哪里生活呢？故宫爱招小偷，不能住。哪儿还能住？我觉得上帝那么聪明、那么朴素，一定有办法解决这个问题。他可以变身一只鸟，在屋檐或电线杆上过夜。没听说有人到屋檐和电线杆子上骚扰住客，那里清静一些。上帝还可以变身甲虫，到北京或广州的植物园住一个夏天，那里跟大自然差不多。如果上帝在各地警卫局有熟人就好办了，省会城市都有安排大领导下榻的宾馆，归警卫局管理，那里才是天堂。

路有走不完的路

比行路者更远的是远方的路。赶路的人独自跋涉，他抬头四望，看群山静立，旷野孤寂，松树在自己的影子里休息。在行路者前面继续走的，只有路。

路在山腰爬行，在平原奔跑，在山顶上瞭望，路的体能比山还好。赶路的车进城市里休息，旅人在路上回家；路仍然在路上，它的尽头是穿行不尽的尽头。

路像人的心念，像一卷铺不完的地毯，一直往前铺。让念头碾过荒凉和沙砾，自己催自己走。

路载的并不是自己，是行人车马。路只想变成更远的路，如同行走只是行走。路看过更多的荒凉。

一川乱石大如斗，寂寞野花战场开，这是路边风景。路看到孤松把石崖撑开裂纹，飞鸟从峡谷流过。高处的白云从路上撤退，去追赶山的转弯。

路在路旁休息，靠着石壁，因为江水咆哮而失眠。路在夜里睁大眼睛，却辨不清江对岸的山峰。

路看到的景物不光有山水，还有四季。春天，野花从低处渐渐爬上山坡，摊开自己的毯子。鸟儿的声音很小，口里仿佛含着草籽。春天的风在峡谷里冲撞，拍醒冬眠的树木。夏天的野草挤满了除了路以外的一切地方，草是夏天的传染病，让土地充满生的欲望。路所看到的秋季不光金黄，还有天的明亮，秋江如琉璃一般省略了波浪。冬天不是一个季节，是季节撤退之后的空寂，风雪前来驻扎。当草木的起伏和平坦消失之后，保留生机的只有路。

路没有雄伟，没有花开，没有庄稼的河流。路只有漫长，路有走不完的路。路常常疲惫，路被无休止的延伸所困扰，为弯曲而晕眩。路是自己对自己的束缚。

从天空俯视大地，最生动的是那些路。数不清的路平直、消隐，又出人意料地出现在山巅。它们没有们，只是一条路。路会分身法，把自己撒开，看庄稼，看河水，看青蛙和树叶里藏着的小鸟，而后收拢，变成一支箭，穿越隧洞。

路纯朴，路没办法不纯朴，它们每天都风尘仆仆。风暴露了它们身上的骨头。鲜花开不到路上，路与娇柔无关，路每天都锻炼筋骨。

路在奔走中增加体力。路不是青年，也不是老年，它只比农民工年轻一点儿。路身体好，它暗地欣慰自己好就好在身体。多好的身体遭多大的罪，遭吧。路把奇里古怪的坏心情扔进了山谷，路是情绪的主人。与快乐相比，它更愿意选择平静。平静而后担当，才遭得起罪，也享得住福。路说，路不过是朴素、是遥远、是强壮，路有永远走不完的路。

找到了跑步的地方

我出门在外先找跑步的地方，和蔼可亲地问旅店女服务员：你们附近有没有公园学校呀？

有则狂奔之，无可将就矣。我在西伯利亚的公路上跑，大卡车开得野蛮。跟它反道跑，让它先看到你，穿鲜艳点儿。我在藏区海拔四千米也跑过，明明大力，腿却迟缓，很搞笑。

德国古堡名独逸学院。古代德皇招一帮小孩来此独逸——独身、适意、静修——操习音乐美术文学。学院路面是面包大的石块铺砌，古老二百多年了，边隙蓬草。不好跑。而堡下公路上有汽车——德国对车不限速。漫游间，见一小路通向树林，太好了。这是笔直的砂石路，禁汽车，简直是为跑、散步者开辟的路，直到永远直，六公里到头是一个湖——水源地。不担心迷路。

跑啊跑，如果不跑身上难过。大树二十多米高，小树是次生林。伐下的木材堆在路边，已灰白。这时早五点钟，林中鸟唱，想起莎士比亚造词、舒伯特造曲的歌《你听，你听，云雀》，这首歌和《土拨鼠》《洛莱特》一样，德国家喻户晓。我本会唱，让鸟鸣把调带跑了。我是 C 调，它们是降 E 调，跟宋祖英一样，唱不到一块儿。路边有避让敬重松鼠的标识，没等让，它先跑了。风吹，松塔啪啪掉下，铁一般黑。在这儿跑心旷神怡，空气洗肺清新。

来德前，媳妇拉我买了一身新运动服，我不便反抗。出门穿新衣有如乡村礼仪，展示新我，傻而可爱。她给我买的 T 恤蓝底白字 Run To Save Energy，我俩都不知其意，一定不是骂别人和自己的话。到飞机上及德国大街，人见此字，对我起敬意，从表情看得出来。什么字呢？小女鲍尔金娜短信告诉我，意谓"跑步节省能量"，引申义为身体力行节约能源。这样的意思在西方受待见。如今西方首脑到中国访问，内容也有你承诺减少多少碳排放量，我给你多少好东西。即，你对地球好，我才对你好。

节省能源和保护环境正相关。然而报上说印度的污染大户是一百万头牛和家畜，它们放屁，屁中甲烷造成温室效应。屁来自它们吃的草，你不让它们吃草难道吃鲜冷面吗？专家正研制不放屁的饲料来喂牛。其实配方美国航天局早就有。宇航员饮食绝不放屁，屁可引出爆炸（甲烷）。矿工是不是也要少放屁？也就是说，美国航天局是全球对屁最有研究的科学机构。苇岸生前劝我作文千万别写屁，又写了，不高雅。

前天去斯图加特街里转一圈儿。感觉德国把三个世纪叠加一体。他们的乡村山脉全是森林，如十八世纪之田园风光。城里街道是十九世纪，老房子或照老屋修的新房，二三层楼，清净悠闲。地铁轻轨站（地下）如超市一样大，是二十一世纪，潮人朋克嬉皮士可杀不可辱全现身出现，美国文化极为鲜明。

三个世纪叠加的概念是平衡。环境和经济发展平衡，国力和国民收入平衡，森林（空气、生物多样性）和城市平衡。我没看到耕地，粮食可能到第三世界买。文明程度和福利平衡。富裕程度和治安平衡。这些浅见，领导人早知道，知道好多年了。中国慢慢撑吧。咱们有些地方是一个世纪。西部贫困地区基本是秦朝，我老家赤峰相当于南方改革开放头十年。一些大城市在"墨西哥化"——失地失业农民涌入城内，城市人口膨胀，城市功能丧失，潜藏危机。

森林里这条路有车辙，中间是巨大的马蹄印，像伟人的足迹。见到一个用巨木凿出的长座椅。森林深处有什么呢？不敢去，怕进入另一个世纪——十二世纪，条顿骑士骑马杀头，长沙话叫搞不赢他们。

如有人问我：你跑步时想到了什么？我答洗衣液，这玩意儿要到城里买，我不知道怎么进城。

我的鞋已经累了

忽然看到，我的鞋已经累了。

它在门口的水泥地上，和地毯上的拖鞋隔一道门槛。拖鞋天生有悠闲相。

我把皮鞋上的灰土拂掉，它仍然透露一种风尘仆仆的样子，鞋帮鼓鼓囊囊，鞋尖翘起，底有些偏。总之，我说不好它的表情，大约像一个采购员、车老板子或精明倦怠的菜贩子。

我不是坐车那种人，也少骑车。除了跑步，我喜欢在桑园的腐殖土上踩过，嗅那里的香气。我的双腿已如南怀瑾所说"走透了"。走透了之后，就感到自己成了另一种人——高攀地说，我已经能够读出惠特曼和泰戈尔诗中匆匆的脚步声。

寻几个盒子把鞋放进去。你们睡吧——我对鞋说，这几天，我哪儿也不去了。

每个人理应赞美一次大地

　　每个人理应赞美一次大地，那是他们最终要去的地方。

　　但我们好像要想一想才想起什么是大地。它不是水泥地（水泥是大地的禁锢），不是楼房（楼房并不是土地长出来的东西，而是政府与商人合造的商品）。大地也不是街道（地在街道底下）。大地是长庄稼的地吗？

　　长庄稼的地叫耕地，它是大地的一小部分，可以养人，古人称为田。大地并没少，耕地却越来越少，人类开始在耕地上盖楼，吃饭的问题以后再说。大地上有村庄吗？有，但这是过去。过去，村庄生长在大地上，长在河边，像大地上结的一个葫芦。现在村庄已经荒芜。如果村庄可以衰老，如今它们正在衰老。农人的门锁了好多年，院墙废圮。村庄的主人去城里打工，村庄由于缺少人气而老态毕现。没有鸡鸣犬吠的村庄老得最快。而另一些村庄是被活生生消灭的，政府让乡民进城住楼，把他们腾出的村庄下面的土地用作工业用地和商业用地，总称"发展"。在没有露水、鲜花、青草和小猫小狗的地方总有一样东西旋转，这东西说不出名字，只好管它叫"发展"。

　　大地还在——其实人说出"大地还在"这话是可笑的，大地不在谁在？——但有时找不到它。想念大地时会想到遥远的地方，比如新疆和青海，似乎那里才有大地。或者在电脑的搜索引擎上录入"田园""庄稼""湿地""保护区"这些词语，收看大地的图片，在上面看到野花和绿草，顶算见到了大地。假设我们在城里看不到大地——楼房和水泥地面屏蔽了大地的表面——郊外应该是离大地最近的地方。去了之后，见到了什么？

郊外还在，大地又不在了。我去过的许多城市的郊外堆满了垃圾，可叫垃区或圾区而非郊区。人太能生产垃圾了，城市镶着一条垃圾的项链，城边的垃圾山中间是失地农民住的出租房，所谓大地被压在这些垃圾下面。一些没有垃圾的城市郊区也看不到大地，人们造出一条假的河流，水泥衬底，用水泵抽水吸水。这是像假唱一样的假河，两岸栽种鲜花绿树，但这不是大地的样子，它们不自然因而不属于大自然。

我庆幸我见过大地，比如今的儿童幸运。大地有田但不全是田亩，有荒野、沙砾与河流，野草、树木、动物和昆虫是大地最早的居民。落日好像点燃了一万个柴火垛，月光洒在铺着细沙的河滩，风里有柳树的苦味、河水的腥味、野兔粪便和狐狸的骚味。大地上野花盛开，颜色淡，好像鲜艳会惊扰大自然的庄严。大地无所谓好不好，对草木动物而言，从来没有不好。虽然大地冷冻，动物们缺少食物，但这不是大地不好的理由。大自然不追求公平华美，它的规律是自然而然，此中有和谐。大地从来没想过它会成为最大的商品，成为被排污、被盖楼房的地方。大地原来是人的墓地，如今它是它自己的墓地。

赞美大地，它包容一切又生长一切，不排斥一切好人坏人在此生活并死去，大地有办法降解一切废物并把它们变成万物更生的养料，给每一样东西赋予新意。人与动物的遗体被处理干净变成青草和土壤里的微尘。大地松软，人们虽然看不清大地的脸，但一年四季它有不同的表情。春天，草木开花分明是大地笑了。月光下，大地静谧如霜，这是大地入睡的表情。

人们爱说"走什么样的路，到哪里去"等等，其实最终都要走向大地，这是所有人无法回避的前程，但常常叫作归宿。那么，为什么不事先关注一下大地、赞美这最后的归宿之地呢？大地辽阔，冬去春来。尽管大地之上有丑陋的建筑，但大地时时都在我们脚下，这件事毫无疑问。能够让花开放的是大地，让人得到最后安宁的也是大地。大地超出人的视野，它的身影如同落日的黄金射线。

钟　　声

　　在音乐中，离生活最近的是钟声。换句话说，在生活与劳动产生的音响里，唯有钟声可以进入音乐。

　　人常常把钟声当作天籁，它悠扬沉静，仿佛是经过诗化的雷声。在城市上空，在由于烟尘环绕而使太阳一轮金红的晨间，钟声有如钢琴的音色，让半醒的奔波于途的人们依稀回忆起什么。像马斯涅的《泰依斯沉思曲》，不是叙说，而在冥想。人们想到钟声也刚刚醒来，觉得新的一天的确开始了。在北方积雪的早晨，钟声被松软的、在阳光下开始酥融的雪地吸入，余音更加干净。有时候想，倘若雪后之晨没有钟声，如缺了些什么。索性等待，等钟声慢慢传来。这就像夏日街上的洒水车驶过，要有阳光照耀一样。

　　钟声可亲，它是慢板。它的余音在城市上空回荡，比本音更好听，像一只手，从鳞次栉比的屋舍上拂过，惊起鸽子盘旋。如果在山脚听到古寺传来的钟声，觉得它的金属性被绿叶与泉水过滤得有如木质感，像圆号一般温润，富于歌唱性。当飞鸟投林，石径在昏暝中白得醒目之际，钟声在稀薄的回音中描画出夜的遥远与清明。在山居的日子里，唯一带不走的，是星星，还有晚钟。

　　在晚钟里，星星变大了。每一声钟鸣传来，星星一如激灵，像掉进水里，又探出头。那么，在天光空灵的乡村之夜，光有星星而无钟声，也似一种不妥，像麦子成熟的季节，没有风拂积浪一样。

如果用人群譬喻，钟声是老人，无所谓智慧与沧桑，只有慈蔼。那种进入圆融之境的老人其实很单纯，已经远离谋划，像老橡树一样朴讷，像钟声这么单纯。自然，这是晚钟，是孩子们准备了新衣和糖果、焦急等待的子夜的钟声。在昼日，钟声是西装尚新、皮色半旧的男人，边走边想心事。总之，随你怎么想，钟声都能契合人的心境。

一个没有钟声的城市，是没有长大的城市。在喧杂之上，总应该有一个纯和的、全体听得到的静穆之音。

每个人都欠地球的债务

以碳排放量观察人类的活动，会看到许多不公平或者叫愚蠢。比如说，人看一朵鲜花好看，看也就看了，鲜花不会长到你头上，你也变不成花站在泥里。而如果大施机巧，用彩缎织上花之纹样，穿在身上，实在不必要。穿了花衣服的人仍然是人而不是花，而彩缎的产生，也是碳排放量的产生。

鲜花的彩缎仅仅是一个小寓言，人类自作多情的事情多不胜数。二〇〇八年，我应德国外交部邀请，驻访斯图加特一个月。这里是大众、保时捷和宝马的故乡，但街上车并不多，比人们想象得少得多。斯图加特的市民不是买不起车，他们认为——只为了一个人或两个人的出行开一辆车上街，有悖环境伦理，太嚣张太过分了，付出太多的碳排放量。所以，当你来到斯图加特的地铁和轻轨站，发现人比罐头里的鱼还多。汹涌的人流在公共交通工具里面，减轻心里挂念的欠地球的债务——排碳。

在那里，我明白了小气的德国人在所有灯座上安装节能灯的缘由——减少碳排放，也明白他们夜晚的城市常常没什么灯光，像防备空袭一样，都是为了减碳。灯光通明的城市有什么好？给谁看？通明的代价是什么？

如果灯光通明的代价是个人多支付电费，或商家、政府多支持电费，那只是小代价。大的代价也是不可逆的代价是煤转化为电，大量排碳，无辜的地球承担了太多的温室气体。

在斯图加特，许多人骑自行车飞驰于绿色的乡野。他们宣扬的实为一种新道德，即出行不排碳的道德。如果道德可以分为大道德和小道德，小学生见老师敬礼只是小道德，随地撒尿也只是小的不道德，最大的道德是人对地球的责任。俭朴是长远的美德。

责任这个词非指人建设地球，千万不要再对地球施以建设，责任是说人对地球生态的尊重，核心是减少碳排放量。人活下去，也让地球活下去。责任的含义还包括：减少、延缓以及停止人对地球所欠下的高额债务，人人过一种少碳或无碳的生活。

从这个思路说，人可以检点的地方太多了。举例说，我长期使用打印机纸的正反面，跟钱无关，跟环境有关。人之写字，已经有些多此一举，白纸只用了一面就扔掉，未免可惜。还有，我卖报纸的时候，捎带好多纸盒，比如牙膏、药盒的纸包装。为此，我受到收废品人的讥笑，他们说，一百个牙膏包装盒也卖不了一块钱，你怎么这么贪财呢？随他们说，我心里有数。这些小包装如果随垃圾扔掉，将身陷万劫不复之地；卖纸，还可以化为纸浆再利用，背一个"吝啬"的骂名值得。这些零零碎碎的小纸盒曾经是树，凭什么躺到垃圾堆里？

当然，这个话题可以越说越大。我的一个朋友承包了辽宁大厦的垃圾，垃圾有什么值得承包的呢？因为这里每年有无数会议召开，垃圾口每天吐出散会之后的小山般的会议材料，A4 或 B5 的纸张。少发或不发材料，让写材料的人写得短一些都属于美德，也算公益事业，都符合人对地球所承担的伦理责任。

排碳，当然不只是坐小汽车、点白炽灯、扔掉牙膏包装和材料写太长造成的，过度的衣食住行都将导致过量排碳，这只是就人的生活而言。而经济格局里面落后的设备、多余的产能正在导致更多的碳排放。

这是一些看得见的现象，人们心里都明白，只是还没有形成减碳的习惯，因为我们还不觉得多碳是极大的不道德。

北陵：人民的绿

北陵者，昭陵之谓也，皇太极与福晋孝庄文皇后的寝地，老百姓叫北陵。它在沈阳的皇姑区——全国城市区名当中，皇姑名起得多好，像写大文化散文的人起的。它毗邻省政府（张学良建东北大学旧址）、省军区、沈阳体育学院（汉卿体育场旧址）以及按苏联图纸建造的辽宁大厦。厦内的走廊、举架高而阔。人说青岛地下由德国人修造的下水道并排过得去两辆坦克，辽宁大厦的走廊过一辆国产奇瑞没问题。

陵寝在北陵内只占一小部分，周围包着大片的树林、大人工湖和绿地。十多年前，北陵几乎是沈阳城里唯一的绿地。有一年五一，街上杏花才落，地透微绿，全沈阳（或许全省）的家长都带孩子上北陵来了，包括我们一家三口。自北陵正门往西的泰山路人行道上停满自行车，宽五六层，延长五百多米，直到辽宁大厦。阳光下，镀铬的自行车把和铃铛皮银光闪耀，五六层宽、五百多米长的自行车方阵，太壮观也太吓人了，存车人不知赚了多少钱。那天我想，沈阳到底有多少人？有多少自行车？美帝苏修打进来，光骑自行车都能把他们轧死。那一天四五点钟，人陆续撤了，所有的土地都留下了大小脚印，残破的花枝和雪糕纸触目皆是，小草只能等待明年再发芽了。这个重工业基地如此缺少绿地花草，它是个超大型的车间，装满了工人与设备。政府从来没考虑过工人还需要绿地、需要人工湖和花。工人嘛，倒也不觉得需要，这辈子就这样了。但他们觉得他们的孩子需要，都领到北陵来了。

如今沈阳的绿地多了一点点儿（统计数字的绿地面积在郊外），减少了北陵的压力。某位省长取缔了陵内的商贩和马戏团，现在里边宽敞也干净了。

北陵后面有大片的两百岁以上的红皮落叶松，高大轩昂，脚下的落叶也应有二百多年了，但厚度正常。在这里走一走，如赴古代，吟诵汉唐诗词均无不可。转一圈儿，一个小时出不来。想，沈阳六十年中能保留这么一片复古松林殊不易，不知有多少机构霸占未果，感谢皇太极贤伉俪上大人。

早上到北陵，不能不承认这里就是人间乐园，每个人都在这里乐。跳舞分十几个场，拉丁最可观。男的紧身裤，女的露背装，岁数不大，四五十岁。他们在放荡的南美乐曲中昂首进退，闪展奔突，身上的小病小灾抖一抖就没了。湖边打太极拳的各有山头，谁也不服谁。阵容最大的树一面红旗，写道："太极拳好。——邓小平。"估计不是邓小平专门给这帮人题的字，但他们认为是。旗下拳手过百，领拳师傅胡须比沈钧儒漂亮，松肩沉肘，架子稳。

北陵里面有大道，道旁接近石兽前的空场是晨练的秧歌场。扭秧歌通常一人跟一人后面舞扇挥绸，形成一条线连成的圆。这里人多，变成五六排、十几排队伍一起扭，归成圆。那片空场，七八个圆阵在移动、变幻，无一寸空地。也就说，黑压压的老年人在扭秧歌，各自听得清自己阵营的乐曲和锣鼓点。把这阵式叫作波浪、战阵均贴切，搬到天安门广场建国庆典上扭一扭都不给国家丢脸。秧歌语汇先天轻佻，小碎步、眼神动作招摇，但气势磅礴地扭过来，就成了古斯巴达人的冲锋队，抒发的全是产业工人的正气。这些人老了。东北人个头高，配上白发和关节僵硬的步态，感到工人身上藏着一辈子的力气。

北陵晨练人的玩儿法多不胜数。练武术的人诡秘，在僻静地方比画，像偷着搬运东西。有人无端地抱树，脸（男左脸女右脸）贴树上，抱一小时。踢毽人矫健，男女合伙，口出呐喊。打羽毛球的人一般不知自己练啥，才进园，拿着球拍东张西望。拿拖布水笔在水泥地上写大字的人写毛泽东诗词和小学课本的古诗。拿这种笔写普希金和阿赫玛托娃的诗似乎不像话，写但丁的诗几乎就成了反动标语。跳大绳的也是人山人海，靠边两人手摇一根或两根粗麻绳，人排着队鱼贯钻入钻出。我见过一人跳两根绳，左闪右挪，秋毫无犯。退出绳，他原来是个瘸子。瘸子，绳却跳得这么利索。如果上帝关上一扇门，一定会打开一根绳。

我在陵后看过一位捉蝴蝶的小伙子，至今记得。陵后人少，灌木的白花、黄花初夏全开了。一个小伙子手举抄网来回跑。他眼睛看着天空，看一般人根本看不到的特殊种类的蝴蝶。他东跑几步，西跑几步，停脚，往上看。他的心思全在蝴蝶或者说天空上。那天，这个小伙子一只蝴蝶也没捕到。但我觉得这种活动方式很好，对颈椎尤其好。与他交谈，知道小伙子夜班烧锅炉的。他对自己的工作特满意，可在白天捕蝴蝶制标本。他说话声音小。如果蝴蝶会说话，声音也大不了。我后来找他，几次都没见到。

陵后还有一个乐事——赏松鼠。几百棵古松之间，有一群松鼠。老头、老太太早上揣花生米喂松鼠。它们双手捧花生米吃，很郑重。松鼠跑起来见不到身子，只见尾巴跑。它们有一绝技，头朝下从几十米高的树上跑下来。我觉得此事值得物理学家考量。按重力定律，松鼠从树上往下跑，应该跑不了几步就会掉下，它怎么能跑到底呢？它的速度超过了自由落地的加速度？松鼠故意气牛顿？一切皆有可能。

北陵的雄浑、阔大、隐秘，永远无法尽知。这里有人民的绿，是健身者的天堂。

亲爱的河流

南方的河流

　　南方的河流平缓饱满，小雨像丝网一样漂在河的表面，河把它们运到不下雨的地方。

　　南方灰白色的河流驶过吃水线很高的运沙船，沉重的船体移动，仿佛时刻在爬坡，河水的表情愈加灰白。谁都能看出河水比船更疲惫。

　　远眺南方的河流，它如同刚刚解下围裙、拾完柴草、喂过猪、做熟了饭的母亲。疲惫的南方河流，每每驶过货轮和运沙船。

　　南方河流众多。在多山的南方，河流自古已是道路。马蹄虽未踏过，拥挤的船舶磨白了河流。它们没时间看天，也抓不住河底的水草，唯有沉默流淌。

　　南方的河流一如蚌壳色的大地悄悄移动，这块地不长稻子和杂草，只有瓦楞似的波纹和船的村落。

　　船开往天际。南方的天际融化了地平线，仿佛河水在天际走散了，河流成了天际的尾巴。南方的鸟儿名字叫鸥，叫鹭，长着长长的脚，随着河流游荡。

　　南方的河流子女众多。多如牛毛的小溪从山里渗透大河。溪水在山里像儿童一样清澈，进入河流就老了。它们过早投身劳作，肩扛货船，手挑鱼虾。溪流进入河流之后开始寡言，它们听不懂彼此的方言，南方的方言比树上的枝杈还多。

南方人在陆地上仗没打够，把仗打到江上，草船借箭，火烧连营。人类脖子二根筋，河流脖子一根筋。河流没办法抬头辨识打仗的人和船头的旌旗。后来听到战鼓息了，呐喊息了，落入水下的箭镞长出绿毛。

河跟鸟兽一样在夜晚休息。南方的河流用月光洗自己的布衫。千里月光洗千里河衣，万里月光洗万里身体。南方河流的手足上全是泥巴，脊背长满老茧。月光倾水，一摇一顿，河流白一点儿又白了一点儿，松开皱纹，而后休息，一梦出了洞庭。

渔舟唱晚唱南方河流之晚。唱歌人头戴斗笠、身披蓑衣。南方的方言音调繁复，融汇了水车、江鸟、猿与山鬼的音调，咿咿呀呀。渔歌更像渔歌，渊深幽远，如水草飘荡河面。

南方的河流为五谷奉献奶水，南方种两季和三季稻谷，河和河的子孙哺育稻和稻的子孙。稻子开花了，稻田滚过南方河流的浪花。两湖两广的大米里藏着南方江河的气味。白帆其实不白，河流缓缓而流，云母色的南方天空下面只有油菜花鲜明晃眼。

南方多雨的河流培植的竹子吹出玲珑的笛子曲，南方多鸟的河流倒映海螺似的青山，南方鱼虾丰盛的河流把村庄哺育成水乡，南方驮着竹筏的河流淘洗白腴的月亮。南方的河流古代叫水，如今叫江。在长江和珠江的出海口，南方的河流汇入大海，我替它们庆幸，它们终于可以歇歇了。

夜 的 河

夜的河边，像听见许多人说话，含糊低语变成咕噜咕噜的喧哗。河在夜里话多，它见到石头、水草都要说说话，伸手拍打几下。漆黑的夜里，看不清河水，月色没给涟漪镶上银边。河水哗哗走，却见不到它们的腿。

站在岸边，你不相信前面有一条河，不知道是什么在流。星星太少，在天空聚不拢光，照不见河水窜行的脊背。鸟儿拉长声鸣啼，见不到它飞。

夜只是对人类视网膜的蒙蔽，却打开了动物的视窗。人与动物的视觉感光细胞不同，所谓"漆黑"的夜，在狼看来如蓝色的清晨，在猫看来，是蜜色的黄昏，万物清晰柔和，只有人和鸟类（猫头鹰除外）的眼睛被夜遮蔽了。上帝让人、鸟在夜里失去视觉力，是收束了他们的能力，让他们歇息，让另外的种群开始生活。没想到，人类在爱迪生的带领下发明了电灯，在富兰克林的带领下发现了电并贮藏了电，诞生了不夜城，糖尿病、失眠症和高血压症也随之诞生。人类要为他们发明的每一样东西付出成本，一般说由后代为前辈付出成本，包括医疗费和性命。

河在夜里潜行，步伐越来越快。河无须看路，路在一切地方。水流不怕石头，不怕灌木和岸上的狼。水啥都不怕，它既分散又聚拢，谁都分不开水，水剩到最后一滴也抱成团。

　　乌云在天边垒出黑堡，在远方阻挡河流。世上没一件东西能挡住河，河曲折但不投降，河断流但不往回流。小河投身大河最终汇入海，水库和大坝都截不住河流。河水卑下，河水清澈或混浊，河水浑身是土，却像青草一样繁盛，像民主高于城墙。夜的河漂过许多人的梦，河水用黑缎子把这些梦包起来送到远方。河水在夜里跟水草拉手，和夜鸟微笑，河在夜里看一切比白天更清楚。所谓阳光并不能照亮一切地方，它留下的阴影和它照亮的东西一样多。夜袒露所有地方，甲虫在灌木下面爬行，枯叶的背后藏着一只褐色的蝴蝶，鸟窝建在树顶。夜不想遮掩什么，夜也遮掩不了什么，夜比白天更广大。

　　河在一个时辰游出了乌云的地带，星光在头顶闪亮。晴朗的夜空是景泰蓝的花园，这么蓝，天空舍不得在蓝上镶嵌太多星星，只镶了百分之一，如同表盘的标记。这些蓝渐渐融化——夜色也会融化，天空在黎明泛白，是因为蓝融化于大地，主要化在海里——像蓝冰涣散，慢慢堆在河中间，包裹了许多星星。星星在夜的河里洗澡，周围的河水发送白光，后来变成了灯笼、鱼儿穿行。夜色在河里越积越多，让河水慢下来。夜的河驮着越来越淡的景泰蓝缓缓流淌，天快亮了。每到这个时候，河水都要在脖子上系一条玫瑰红的纱巾，再披一条金缎带。黎明跳进河里喧闹，天大亮，河水流得宁静如常。

河流的腰

　　我路过的地方是这条河流的腰。水流优美地向河心拐过去，剩下一大片开阔地，是腰闪出的地方。

　　河比天空和大地更有人间的气味。

　　河流束腰的地方，岸更高，长在上面的高粱仿佛举着石榴的籽，高粱的叶子在风中暗斗，唰唰响，谁也不服谁。

　　河有一百种表情，皱眉是急流，沉思则缓涌。最静的时候，河面落一根羽毛都会起纹，像镜子一样亮，但比镜子柔软。这时的河如早上刚刚醒来的儿童。儿童看世界，无分别心，世上没有他们不接纳的事物。儿童眼里的事物没有好坏，只有已知与未知。儿童进入世界唯一的路叫作好奇，像这条河，不停地流，只为探索，去没去过的地方，去知。

　　河一辈子都在水里。河生于雨，生于泉，生于玻璃窗上的哈气，生于草叶的露珠，生于牛马厩的尿，晚年流入海里。

　　河流归海，是惯常的说法。但如果河水分成滴，有多少滴流不进海？进海的水滴是少数，就像得道的人是少数。大部分水被骄阳蒸发了，被泥土绊住了后腿。好在水滴不死，结为冰雪也没冻死。水好就好在死不了，它们比谁都擅长转世，蒸发、下降、流动，循环在天空和大地的血管里。谁能想到，水永生，它们淹死别人，却淹不死自己。谁也别想把水烧死，水反过来浇灭火。这是老子赞美过的水，淹不死、冻不死的水。虽然从医学说，人体百分之九十是水，但人仍然不是水。人身除水分之外百分之十的肉决定了人的弱处，既烧得坏（脂肪可燃）又淹得死（肺不应），还怕冻。

水有许多名字，河、海、江、洋，多了，翻字典带三滴水旁的字众多，都跟水有关，证明水的势力大。

水在河里的时候，名字叫河。天下的河太多了，名字也多，好名破名都有。我听过裤裆河、狗咬河、狼不来河的河名，这名差不多在骂河。河也有好名，桑干河与汾河，听上去都好听。人认为，河的名字永远代表这条河，然而"这个河"早没了，一眨眼就流出十米。桑干河怎么会永远是桑干河呢？人所说的桑干河早流走了，汾河、淮河、剪子河、灯笼河也早流走了。但是，原来的河水流没了再起新名也不方便。叫什么好呢？谁来起名，谁传播这个名呢？最可叹，河刚起新名，水又流跑了。我觉得，天下河流不必起这么多的名，起一个不妨全国通用，叫"流河"或"淌河"，或"水的河"，朴实准确。

河的腰是这样的细，让减肥的女子羡慕。河的颈子、河的脸庞、河的胸都在河里。小鸟们知道河的容颜四肢在哪里，从天空上看到的。河水日流夜流，而我坐火车飞机看到许多处于盛水期的河套，种满了庄稼，早没水了。河的腰没了，变成蠢汉的肚子。

公无渡河

　　月亮尝试渡河，却迟迟停在河水中央。河里比天上更惬意，像坐上了一个筲箕，摇摇晃晃。月亮在河心显出白净，这也是它不愿渡到对岸的原因。河水一波一波地淘洗，不白也白了。河里的月亮像把着白云的门框照镜子。照镜子感觉时间过得好快，当月亮不白了，天色一点点儿亮起来时，月亮才想起所谓黑夜即将过去，但它还没过河。它记得要看一看对岸的柳树，看散乱的柳丝下面鱼群的动静。

　　桃花往河里跑，岸上的桃树争相把花枝伸向水面。枝头河上，生出两重桃花的繁复。风路过桃花林放慢脚步，怕触落花瓣，屏住呼吸穿过花的枝头。风不懂，它走过哪儿都是风，像雨走到哪里都是水滴。桃花仍从风的身影里纷纷坠落，漂在水上渡河。风不知如何是好，把花瓣捡起送回枝头但捡不过来，随它去吧。风用扫帚把树下的花瓣扫入河水，桃花坐着自己的船。豆粒大的桃花翻身落进水里，瓣瓣都是小舟。桃花还没坐过船，如今坐上了自己的船。何止船？桃花没见过白云，没见过青草，更没渡过春水。春天的小河静静地流，看上去几乎不流。多看一会儿，河上的浮冰划破柳树静止的倒影。桃花不知向何处去，满世界都有逛头。桃花觉出两岸后缩，如被两挂大车拉动，岸上的桃树被车拉走，唯水不动。对岸好，栽着比草更矮小的桃树，枝上仍开着看不清的小桃花。桃树间穿插柳树，以绿枝打扫什么。渡河为桃花所愿，可是不知怎样渡到对岸。一条木船往对岸开。艄公把橹一头系在船首，一头在河里搅动，船径直开过去，在视野里越发缩小。桃花才知这个世界的景观是越远越小，小山小桥都摆在远处，而桃花离母树越发远了。渡过了两个渡口。它的头顶尽是柳枝，柳枝伸手打捞路过的花瓣。

鸟儿渡河。鸟儿被滚滚的流水吸引，它觉得水去的地方一定是个好地方，否则它们不会这么匆匆忙忙。鸟儿飞临河的上空，看出河水在追赶前面的浪头，掐它们的脖子掩埋它们。河水下面如同有一口大锅，把水烧得跳起来。小鸟顺河的流向飞行，看到河面比大地平坦，前方是银色，后方也是银色，鸟儿像一只河流所放的小黑风筝。鸟儿累了，到对岸的草地上休息，在河边走一走，看河水什么时候停下来休息。河不会停，像天空的云彩停不下来，它们身上都安着永动机。

马渡河如一场搏斗，双蹄踏浪，而浪涛兜头涌来，想把马淹没。马踏浪如踏在无鳞的龙背上，以蹄为刀剑，杀开一条无底的路。在水里，看得出马与河俱怒气冲冲，它们搏杀，打碎多少浪花的盔甲。马的长鬃沾水，肌肉紧张，昂起的脖子血管偾张。马游到对岸，河水也静了，对手与对手互致敬意。马理解不了河水的力量，不知它暗中想把自己推到什么地方。马的归宿是草原，它在山麓静立，等黄昏降临属于马的时光。马畏水。在水里，所有的生物都要随波逐流，水里没有马的自由，没有被风卷起鬃发的豪迈。

天空上，银河是夜晚才流淌的河流，流不尽，也不入海，天上没有海。在人的视野里，海于天际同天空汇合，但海还是没融入天空。借着天空的蓝，海造出更蓝的、动荡的水面。白日里，云的队伍宛如一条河——如果它们不是乌云，如果在天边站成一长溜——淹没山峰。云朵俯察大地的河流生出羡慕，那是如镜的、有浪花且有帆船的水流。河水流淌得比云朵更沉静，而且从来不像云那样走走停停。云想渡河，却怕它的丝绵入水后沉入河底。云练习像河那样蜿蜒流淌却学不会，小云在蜿蜒中从云层掉队，成为孤立的蚌。云在天上渡河，它看到自己的影子轻捷地划过河面。云反复渡河不能止休。在河边，有大片的云朵排队，它们等待一朵一朵地渡河，坐上它们想象的缆车。

乐府诗云，朝鲜的白首狂夫欲渡滔滔之河，妻子扯衣断襟，苦劝不成，狂夫坠河溺死。其妻手拨箜篌出悲声，歌曰："公无渡河，公竟渡河。"此歌不胫而走，由汉至唐。李贺诗："公乎公乎其奈居，被发奔流竟何如。"李白诗："被发之叟狂而痴，清晨径流欲奚为。旁人不惜妻止之，公无渡河苦渡之。"这是一个谜，他们一直在猜狂夫为什么渡河。如果没有"公无渡河"这首歌，如果"公无渡河"这句汉代的口语说的不是这么蹊跷，就没人猜他入河的原因。古往今来，河流一直是动物和人类的隐蔽的坟场，尽管它滑如琉璃，鸥鸟翔集，它是许多人和事的终点。

河流没有影子

白桦树和黑榆树有同样黑色的影子。我把两只粉色的牵牛花扣在眼睛上，看东西一律是粉红，但它们也有影子，像酒盅一样。

鸟的影子难得一见。它的影子从房檐掠过去，像窜过一条蛇。它的影子在飞翔中消逝得那么快，那也是影子。

云的衣衫有一些透明，因而它的影子如同树林的荫凉。站在山顶上看云的影子，大的占几亩地。这么大的云彩的影子笨拙地移动，好像要搬走地上的庄稼，搬不走，它自己慢慢走了。

让每一样东西拖着黑色的影子是太阳的意思，喻示一切事物终将消失，除非它没有影子。

只有河水没有影子，因为它透明。水可蒸发为云，可渗地成河，可无限分割又瞬间接合。水的影子是冰雪，而冰雪消融又回归于水。只有水不死。

在早上的光线里，螳螂的影子被放大好几倍，像是钢铁制造的侠士。它正在欣赏自己的影子，它没想到自己的爪牙一夜长到这么大，更适合穷兵黩武。在江南，比一丛乱竹更潇洒的是一窗竹影。郑板桥说，他的竹是对着粉壁墙竹影描下来的。郑画的竹子笔墨平平，妖气重，和他做派一致。

前面说没有影子的只有河流，大凡透明之物，均无影。人也如此，心里空了，就没有好事坏事的影子，如同河水留不下浪涛的影子。透明的人如同一只手不分手心手背，是一团混沌，无抓亦无放。透明的人或物不阻挡阳光，阳光从他（它）们的身体穿过，顺便带走了烦恼。

人的影子在地面或长或短、或胖或瘦，物理学说这是由太阳与地球的位置造成的，我以为这恰恰是一个譬喻。早上，影子往西方拉长，如人之童年，喻示未来的岁月尚多。影子在中午伏在脚下，说盛年阳光最旺，阴影躲了起来。傍晚的影子又长了，但长的是已经度过的岁月而非未来，步入老年。

世上看不到红影子、绿影子，影子不是色彩，是暗地里的轮廓。影子无白色，白纸的影子也不是白色。影子不经你同意量出你的长宽高，放在地上，告诉你不过是你。就影子而言，你和别人并没有两样，高贵、典雅、妖娆这些词对影子用不上。下雨天，雨冲走了人与物的影子。雪天，人和墙头小鸟的影子格外黑，远方积雪山峰的影子反射蓝光。

黑夜是地球的巨大阴影，这影子深邃稠密，把所有的事物归纳为黑。人在黑夜里睡眠，孩子的身体在黑夜中生长，黑夜缔造了一个独特的世界。在地球的影子里，万物看到了别样的光亮，这就是星星和月亮的光。人对黑夜的光寄寓美和期盼——星光喻示前路微茫，月光寄托相思千里。万物在地球的影子里享受一夜和每一夜，而昆虫和动物在夜里开始它们正规的生活。夜，不过是影子，如同一株草身后的影子。事实上，一粒沙的影子也可以创造像夜这么大的黑暗，只不过沙的空间与地球不一样，而空间与时间不过是人造的观念，方便自己记录地点、年龄和自己所做未做的事情。他们把时间称之为光阴，光为昼，阴为夜，说的是光和它的影子。

蛇没有影子，它匍匐在地，盖住了自己的影子。雨滴没有影子，它降落得太快，人看不清它们的影子。火没有影子，它和阳光一样炽热。死人没有影子，他们终于甩掉了影子长眠于地下。歌声的影子是它的回声，人心的影子是他们的记忆。有人不为当下生活，靠记忆的影子生活。所有的记忆——不管好还是不好的记忆——终将变为影子。影子乃虚无，只是人们看不穿这一点罢了。

楠 溪 江

楠溪江是树状水系，如一个翡翠的网，包络着永嘉的大地。坐在竹排泛流，像坐上了安轮子的车在碧玉上滑行。江水深绿，比鸭绿江还绿，低头看江，却清澈，不是藻绿。

在这里拍下的照片不像真的——金黄的竹排在江上游弋，水面像铺了一层翠绿的树叶子。我坐在竹筏前面的小竹凳上，碧水分流而过。清幽啊，似魏晋时代的景物。我虽没在魏晋待过，却觉得魏晋山水大约如此。撑篙的船老大七十多岁，草鞋系了一朵红绒球。而别的船夫只穿塑料拖鞋。红绒球随船老大撑篙簌簌微动，非英雄不能如此。他祖上一定是将军，说不定就是桓温。这更让我相信楠溪江从古代流过来，今朝见到是偏得。事实上，所有的江都从古代流过来，只是被 GDP 害成了毒江或臭水沟，楠溪江侥幸在青山绿树之间荡漾。

以乐曲譬喻，长江是庄重浑浊的无标题交响曲，黄河是民乐齐奏《万马奔腾》。楠溪江则如一支竹笛独奏曲，静远虚无，音符里带着涟漪，声声滴翠。在楠溪江上漫游，时间改变了行走的样式，你觉得钟表的时针分针的手脚缩了回去，时间变成了一个古老的磨盘，它慢慢地转，由人工推着行进。

楠溪江两岸皆山。江水并非在山谷蜿行，是山从江边长出来。山和江水一样的碧绿，仿佛是水体的结晶堆成山。山与水在永嘉呼应一体，均清悠旷远。

楠溪江有许许多多的支流，像树叶张开的脉络。穿上救生衣，能每一个支流走一下才好。把楠溪江的水走遍是一项能力。古人就是这么走的，这样的行旅可跟山水更深结缘，跟野花、小猴和鸟儿们结缘。时间虽长一些，却能够真正走入山水怀抱。在楠溪江，一切都慢了下来，适宜做一些更慢的事情。譬如迷路，涕泗中被同伴找到；譬如被无毒的小蛇咬了一口；譬如被猴抢走帽子和相机；譬如在山涧里发现解放初期大财主埋藏的珠宝，翡翠手镯七八只，袁大头不计其数。

此地山的样子奇崛茂朴，或藏有唐宋元明清以来的好东西，包括刀剑碑帖。说不定还有谢灵运留下的山水诗全集刻本或其他神秘的东西。谢家是大户，世代有钱。这些钱干吗呢？不会去杭州买房，杭州（余杭郡）那时还很小，就像北京人不会去邯郸买房一样，他把钱换成了珍宝，传给儿孙。逢战乱，谢氏子孙把珍宝藏进山里，因为那时没有农行保险箱。越看山，越觉得山上遍布永嘉历代名人所藏的好东西。我问草鞋系红绒球的船老大："这山好上吗？"

"这山根本上不去。"他答，分明是怕珠宝被外人起获。

"药农也上不去吗？"

"现在药农也不让上了，封山。"

原来是这样，永嘉可以成为全国文物保护模范县。

竹筏慢悠悠漂浮，水面如大块的绿冰，些微涟漪才使它像水，飞鸟在水面投下一瞬而逝的影子又使它像无尘的冰。滑冰运动员到这里一定有滑几圈的冲动。在我们游历的这个下午，山里无风却凉意沁人。竹筏行进时，两岸山林的鸟雀发出欢呼声，我愉快地向它们挥手致意。它们继续热烈呼喊。我只见树木，看不到鸟儿，但它们看得到我。小鸟跻身密密麻麻的树叶后面扯着嗓子高唱，气氛感人。

"莫摆手了，喂猴的人进山才摆手。一会儿猴都下来了，你没带吃的东西，猴会发脾气。"

"发脾气怎样？"我问。

"猴把你身上衣服剥下来撕成条，把烂泥丢在你脸上，把你墨镜抢过来它自己戴上。去年，一只猴把警察的大盖帽抢下来戴上，坐在山崖上，好滑稽的。"

我放下手。鸟还在呼喊，像无数人在集市里高声讲价。鸟会有这么多话要说吗？我记得小鸟是半天才说一句话的，像梦话。但这里鸟多，鸟们对树、对青山和碧绿的江水有讲不完的话。它们怕别的鸟没听清自己说的话，重复多遍。而别的鸟也在重复刚才说的话，聋子对话就这样。

上岸，我们到村里转转，到林里转转，到山脚下转转，与村民、牛犊、母鸡、鸭子和房子合影留念，返回。我还坐在原来的竹筏上，草鞋的红绒球仍然微颤。太阳落山了，晚霞在群山之上奔走厮杀，血流满地，几颗亮星躲在仍然蔚蓝的天际观望。夕阳把山巅烧成了漆黑的焦土，掩埋了云的旌旗与城堡。天际平静之后，墨一样黑的山峦全都戴上金红的斗笠，剩余的金光铺洒在楠溪江上。江上的深绿隐退了，代之金红。夕阳摊在水面比天边更红，仿佛有一层薄薄的火苗在悄悄燃烧。鸟雀对此大为惊奇，噪声更甚。船老大一下一下撑着篙竿，竹排行进无声。我坐着，船老大站着，暮色宽阔的翅膀遮住了江面，他草鞋的绒球变成模糊的黑球，像从炭火里扒出来的土豆。

河在河的远方

对河来说，自来水只是一些稚嫩的婴儿。不，不能这么说，自来水是怯生生的，是带着消毒水气味的城里人。它们从没见过河。河是什么？用"什么"来问河，什么也得不到。河是对世间美景毫无留恋的智者，什么都不会让河流停下脚步，哪管是一分钟。河最像时间。这么说，时间穿着水的衣衫从大地走过。这件衣衫里面包裹着鱼、草和泥的秘密，衣领上插着帆，流向了时间。

河流览历深广。它分出一些子孙缔造粮食，看马领着孩子俯身饮水。落日在傍晚把河流烧成通红的铁条。河流走到哪里，空中都有水鸟追随。水鸟以为，河一直走在一个最好的地方。

天下哪有什么好地方，河流到达陌生的远方。你从河水流淌的方向往前看，会觉得那里不值得去，荒蛮、有砂砾，可能寸草不生。河一路走过，甚至没时间解释为什么来到这里。茂林修竹的清幽之地，乱石如斗的僻远之乡，都是河的远方。凡是时间要去的地方，都是河流的地方。

河流也会疲倦，在村头歇一歇，看光屁股的顽童捉泥鳅、打水仗。河流在月夜追想往昔，像连续行军几天几夜的士兵，一边走一边睡觉。它伤感自己一路上收留了太多的儿女，鱼虾禽鸟乃至泥沙，也说不好它们走入大海之后的命运。也许到明天，到一处戈壁的故道，河水断流。那是一个无人知晓的地方，河流被埋藏。而河流从一开始就意气决绝，断流之地就是故乡。

河的辞典里只有两个字：远方。远方不一定富庶，不一定安适，不一定雄阔。它只是你要去的地方，是明日到达之处，是下一站，是下一站的远方。

常常，我们在远方看到河流，河流看到我们之后又去远方。如果告诉别人河的去向，只好说，河在河的远方。

黑河白水

北地，当白雪覆盖河岸的时候，黑色的河流缓缓流过。这么冷了，我不知道它为什么不结冻，袅袅升腾白雾。这的确是一条黑河，凝重而坚定地前进，虽然并不宽也不激壮。在冰雪世界，任何有动感的事物都令人感动，况且是一条河流。

这样一条黑水流淌着，在白雪的夹裹下充满苍郁，让观看的人心软了，坐下来叹息。

而所谓"白水"，也难见。德富芦花称："日暮水白，两岸昏黑。秋虫夹河齐鸣，时有鲻鱼高跳，画出银白水纹。"水白不易见，水清与水混则常见。对"水白"之景，我曾困惑过，后来在回忆中想起来了。的确是在"两岸昏黑"之时，天几乎黑透了，穹庐却还透散澄明的天光，无月之夜，星斗密密甫出，河岸的树林与草丛织入昏暝里，罩着虫鸣。这时，河水漂白如练，柔漾而来。在远处看，倘站在山头，眼里分明是一条曲折的白水。

雪中的黑河像一群戴镣的囚徒，水流迟滞，对天对地均含悲愤。像弦乐低音部演奏《出埃及记》。雪花穿梭而落，却降不进河里。人不禁要皱着眉思索，漫天皆白之中，这条黑河要流到什么地方去呢？这是在初冬，雪下得早。若是数九之后，此地所有的河流都封冻了。

观白水，如静听中国的古琴，曲目如"广陵散"。在星夜密树间，白水空蒙机灵，如同私奔的快乐的女人。白水上难见波纹，因为光暗的缘故。这时，倘掷石入水，波纹扩充，似乎很合适。在此夜，宜思乡，宜检旧事，宜揣测种种放浪经历。如同站在缓重的黑河前，应有报仇雪恨之想。

黑河与白水，我是在故乡赤峰见到的。他乡非无，而在我却失去了徜徉村野的际遇。人生真是短了，平生能看到几次黑河与白水呢，虽然这只是一条普通的河上的景色。

黑河境内的黑龙江

我住在酒店八楼。楼下每天传来循环往复的女声广播——"黑龙江是我国第三大河流，俄罗斯人叫它阿穆尔河，蒙古人叫它哈拉木伦河，赶快上船吧！"

我想下楼告诉这个女人，阿穆尔河是蒙古语，不是俄语。西伯利亚的许多地名是蒙古语，如贝加尔、乌兰乌德、阿巴甘等。但我不想跟这个女人争论，她言说的核心是"赶快上船吧！"声音在风中缥缈，听上去像"赶快上床吧"，催人早睡早起。

"黑龙江是我国第三大河流……"从窗外传来时，我可能在睡觉（凌晨）或准备睡觉（夜晚），闻此言马上窜至窗台观望我国第三大河流，一日无数次。大江丰满，大江从来不会急急忙忙。以黑龙江的宽阔而言，天际的云朵似乎只是它的陪衬。我看到，凌晨三点半开始，云朵就站立黑龙江两厢的天空，为它让道。黑龙江这时分应该叫白龙江，俄罗斯人应该叫它白穆尔河。江面如鲫鱼肚子一样银白。五点钟，这肚子透出一些玉石般的微青，天上潦草的云朵挂上一些微红。如染色时代的照片那样浅而艳。我住八楼，江水不让我看到波浪，它也没什么波浪。成千上万吨的水流淌在平缓的河床里，要浪干什么？江的对面是我们的邻居俄罗斯。他们把中国原有的城市海兰泡改名为布拉格维申斯克（报喜城）。当年，他们在城里的东正教堂放置了一座报喜圣母像，而后改了城市的名字。这些人把中国原住民的辫子系在一起往江里赶，不从者被哥萨克用长柄斧子砍死。

如今，对面的城市有了繁忙的码头，七八座吊车日夜忙碌。夜里，这座城市最高最亮的楼房是中国人建造的五星级饭店，号称远东第一高楼。黑龙江是一条界河，收集着两岸不同的文化和历史。早上，从高楼上一眼望到对岸的国土，感到很近，近里又透着陌生。我早上、中午、晚上和夜里从我的窗户为江照相。画面上有这边的沿江公园、母亲塑像。在不同光线下，江水青碧、灰白、宝蓝，还有一种洋铁皮色。深夜里，黑龙江和它的名字最为吻合，江水完全漆黑。江里如果有龙也一定是黑龙而非黄龙。江上过船，船头两盏大灯亮起，好似我家黑猫飞龙的大黄眼睛。

黑河的江边公园是我在此地的最爱。自天亮开始，江边公园就布满人群，散步的、跑步的、打拳的、踢毽的，花花绿绿的衣装把江边打扮的比花圃还鲜艳。人们欢愉的表情仿佛说黑河是最幸福的地方。我想，如果哪个地方在江边建城市，如果江堤足够高，不妨把所有房子全建在江边，绵延一百里，让老百姓家家都高兴。我跑步，从港务局码头跑起，经过母亲塑像和十几座纯铜的狗熊雕像，一直跑到高架桥，全长三公里，往返六公里。跑步中，一边是江，一边是绿地，心旷神怡。人在跑，江水在身旁默默地流，如同你的脚步与时光被江水流走了。想到人跑步不过区区六公里，而江水日夜倾流，不知疲倦，人显得太软弱无力了。中苏交恶时，一天夜里，两岸边防军开亮探照灯，机枪嘎嘎扫射结冰的江面。双方都以为对方有人偷渡。事实上，是一只狗在冰上追一只狐狸。如今两岸祥和了，连江流的样子看上去都祥和，不疾不徐。跑完步，我一边落汗，一边看四外风景，有趣的是泳人。

　　黑河人管游泳叫洗澡。早晨，江边走来如海豹一般浑圆、光着膀子的泳人。"洗去？"别人打招呼。"洗去！"海豹晃晃手里的毛巾。这些泳人三五个一堆，衣服脱一起，下江。在黑龙江游泳，无论怎么游都被江水推着走。他们下江后，从几百米外的下游上岸，走回原地再下江。人在江里，只露个小脑瓜，实在比海鸥还渺小。上岸后，男人用毛巾被裹腰脱泳裤。有个女人，解泳衣，露出乳房，再裹毛巾被脱下面衣装，自然大方。跟晒黑的胳膊比，乳房雪白。

　　一天早上，我遭到暴风雨。我有一篇文章的题目叫《夜空里栽满闪电的森林》，放在那天早上才恰当。天色忽暗，闪电从天空伸脚到江中。江水起了波涛。北面的天空却露出半片蓝天，照得杨树叶子明晃晃的翠绿。江边栽种的小花簌簌发抖，花瓣如同不会飞的小鸟扇动翅膀。雷声从俄国传到中国，又从中国传到对岸报喜去了。突然，江面像洒石子一样砸下一片雨点，像追着波涛砸。雷雨的闹腾刚开始，却突然休止，头顶迅速换上了蓝天，好像刚才的雷雨跟这块天一点儿关系都没有，比话剧团换背景道具都快。我接着跑步，想起美国诗人查尔斯·赖特的诗："从蓝岭的另一侧＼九月的猛雷布下了预攻的炮火＼云黑下来，一层暗似一层＼闪电炮口的火焰＼灼烧乌云的心脏＼风景一寸一寸地＼敞开。"赖特描写的与刚才发生的景色十分相像，好像他也来过黑河或者狗娘养的报喜斯克。

夜　　游

　　走进夜的水边，犹如闯入它的梦境。手的任何一个动作，不管多轻，都会弄破湖心的月亮。月亮摇啊摇，接驳碎片，复原，又破了。

　　夜里水暖，和一般人想的不同。夜里习水，最妙处在收听水声：哗啦，哗啦，温润清婉，如歌声。游着，停下四望，树林如土地的睫毛，密密尖耸；山比白天似乎退后，又矮了一些。天地间只有一弯水，清虚似雾。其时，吾等大放其声，咦之吁之，声音贴水皮不知所终。

　　泳过，我们到高崖坐望。有人提议，夜半无人，何如裸之？想了想，谁也没裸之，慎独。崖上看湖，人被天地大美震慑，像后来看到的东山魁夷的画，真的美寓形于静。静者，何止无声？江淹赋曰："明月白露，光阴往来。"远望，天浅而水深，风把水的气息吹到脸上。月魄出窍，在水里洗得花白，一荡一漾。时间仿佛已经退场，这时，人偏偏想起时间。时间在哪儿？山水凝固，时间无处可以藏身。人突兀地想起昨日和明天，均无语，体味"光阴往来"。

　　若讲雄浑，大水比山更胜。山的气象在表，水的阔大藏在里边。水库方圆五十多里，此际无风无浪，是一番不着痕迹的大气象。这气象又和周遭的所有都沾着边儿，不光黛山和暗林，连草叶露水乃至虫鸣都和一湖水有了关系，为它接纳而共生。

我们上岸，是为水声月影感到不妥。坐而看水观云比"哗啦啦"更好。云在月夜穿行，可知什么叫"关山飞渡"。天的深远被湖水吸纳，唯剩空寂。月，距天远而离湖近，云彩的速度比白天加快，可能怕飞慢了掉到水中。云的队伍从月亮的上方和下方越过，可惜没在水上留下身影。云边有月光镶嵌，看着更满。浓云如俯冲的黑鹰。那些不均匀的云朵，像被人蹬出了窟窿的棉胎，散乱着，也飞过了天际。

我们坐着，不游泳，也不想回去，不再耽念夜行的兔子和蜥蜴，用现在的话说，"心灵被净化"了。当然，心灵第二天又恢复了原本的样子。

返回时，我们拎鞋光脚在草地中白花花的小路上走，不时惊起青蛙飞跃。回头看水库之水，一点点儿平了，月亮被拉长，最后变成一道粼粼的白光，竖在中央。

河流里没有一滴多余的水

从质地上说，花瓣是什么？它比绸子还柔软，像水一样娇嫩。雨后的山坡上，如果看到一朵花，像见到一个刚睡醒的婴儿，像门口站着一个被雨淋湿的小姑娘。花瓣的质地，用语言形容不出来。而它的鲜艳，我们只好说它像花朵一样鲜艳。无论是小黄花、小白花都纯洁鲜艳。花能从一株卑微的草里生长出来，人却不能，连描述一下的能力都缺乏。

从性格说，马比人勇敢，而性情比人温和。马赴战场厮杀，爆炸轰鸣不会让它停下来，见了血也不躲闪。冰雪、高山和河流都不会阻挡马的脚步。它的眼睛晶莹，看着远方。把勇敢与温良结合一体，在人当中，可谓君子；在动物中，是马。我哥哥朝克巴特尔贫穷，却买了一匹良种马欣赏。他不让马拉车干活，也不骑。每天早上，朝克拎一桶清凉的井水，用棕刷子刷马，然后蹲下，咧着嘴对马笑。如果马吃糖，他一定给马买糖；如果马看电影，他会拉着马上城里看大片。朝克对马的感情，和城里人养宠物不一样，马是哥们儿，是朝克的偶像。马在天地间吃草漫游，用不着管马叫儿子，搂着睡觉。马影响爱马人的性情，使之"温而厉"。

从流动说，河水心里一定有巨大的喜悦，而后奔流不息。大河流动时的庄严，让人肃然起敬。它非在逃离，是前进。只有贝多芬的音乐能描述河流的节奏、力量和典雅。贝多芬的交响曲没有多余的音符，也没有乐器单独演奏，一切共进。而河流里也没有一滴多余的水，每滴水和其他的水密不可分，一起往前跑。河是巨大的家园，鱼在河里享受着比人更幸福的生活。夜晚，河流兜揽所有的星辰，边晃边亮。

从胸怀看，鸟比人更有理想。当迁徙的候鸟飞越喜马拉雅山的时候，雪崩不会让它惊慌。鸟在夜晚飞越大海，如果没有岛屿让它歇脚，它不让自己疲倦，一直飞。它不过是小小的生灵，却有无尚的勇气。

人的勇气、包容、纯洁和善良，本来是与生俱来的。在漫长的生活中，有一些丢失了，有一些被关在心底。把它们找回来，让它们长大。人生其实没什么艰难，每一寸光阴都有用。

河流日夜向两岸诀别

河流看到岸上的人，如同火车里的旅客所见的窗外的树，嗖就过去了。让河水记住一个人是徒劳的事情。河流像它的名字说的那样，一直在流。没听说哪个人的名字叫流，张流、李流，他们做不到。河流甚至流进黑夜里，即使没有星星导航，它们也在默默地流，用手扶着两岸摸索前进。无月的黑夜，哗哗的水声传来，听不出它们朝哪个方向流。仿佛河水从四面八方涌来，流入一个井。

河留不住繁花胜景。岸上的桃花单薄羞怯，在光秃秃的天地里点染粉红。枝上的红与白星星点点，分不清是花骨朵还是花，但河已流走，留下的只是一个印象。印象如梦，说没发生过亦无不可。倘遇桃花林，那是长长的绯红，如轻纱，又如窝在山脚下浅粉色的雾气，同样逝去。马群过来喝水，河只看到它们俯首，不知到底喝没喝到水，河已走远。

河水流，它们忘记流了多少年。年的概念适合于人，如秋适合于草、春适合于花、朔望适合于潮汐。没有哪一种时间概念适合于河，年和春秋都不适合描述它的生命轨迹。河的轮回是石缝的水滴到山里的小溪再到大海的距离，跟花开花落无关。当年石缝里渗出的水跳下山崖只为好奇，它不知道有无数滴水出于好奇跳到崖下，汇成了小溪。它们以为小溪只是一个游戏，巡山而已，与小鱼蝌蚪捉迷藏。没承想，小溪下山，汇入了小河，小河与四面八方的河水汇合，流入浩浩荡荡的大河。它们知道这回玩儿大了，加入悲壮的旅程，走入不归路。

归是人类的足迹，恐田园将芜。河水没有家园，它只灌溉别人的家园。河的家在哪里？恐怕要说是大海，尽管它尚没见过海。如果把河比喻为人，它时时刻刻都在诀别，——别过此生此世再也不会见到的景物。人看到门前的河水流过，它早已不是昨日的河水。今日河水与你也只有匆匆一瞥，走了。没有人为河送行，按说真应该为河送行。河水脉脉地、默默地流过，无人送它一枝花。河有故乡吗？河只记得上游。上游是它的青年、少年和童年，而这一个当下它还在上游。下游有多远，不是五里地、十里地，那是天际，是可以流去的一切地方，那里不是空间，是时间。

佛法常常劝人想到死亡。死亡不光是一个生命的终结，还是一块磨石、一个巨大的譬喻、一面镜子或召唤，是集合地点和最真实的存在。如果"存在"这个词具备实在的含义，说的即是死亡。死亡蹲在遥远的天边，人一步一步叩拜它。事实上，它就在人的身边，和人一起到达天边。佛法认为死亡不光指生命，它还是别离。它是一瞬间离开我们的许许多多的东西，死这个词不便于四处应用，在佛经里的指代叫无常。如果不以肉体作生命的唯一，人与万物的死死生生从没有过停歇，生死不曾对立而在相互穿越，这里面不包括被贴上标签的"我"。佛法认知事物的第一道门槛是不让"我"入内，里面没有"我"的座席。河水有我吗？正像河水不会死亡，干涸是蒸发与渗入泥土，而非死亡。水在河里不停翻转，水分子时时与其他水分子组合成波浪或镜子般的平面。浪涛一秒之后化为其他浪涛，只有势，而无形。无形的、透明的水，没有财产、家业、家乡，乃至没有五脏六腑的水在流动中永生。水没有记忆，没有历史欠账，没有荣辱，清浊、冷暖、高下、缓急对河流无所谓，它所有的只是一张长长的河床。

阳光每每给河水披上黎明的金纱，太阳落山之前到河里洗浴。河水如奔跑的野火，贯通大地。河水上飘过稻花之香、熟麦之香。河水给山洗脚，于高崖晾晒雪白的瀑布。河水每到一处记忆一处，记忆山，包括山上的一朵小花，记录天上与水面的星座。河水深处，鱼群如木梳从河的肋边梳过，水草在河底盛开暗绿的花朵。河水告别了山顶的弯月，告别了软弱的炊烟，告别鸟群。此时牧童在河面写字，羊群用鼻子闻河水的气味。河流穿过桥梁为它搭建的凉篷，穿越容易迷路的沼泽。河水于宽大处沉睡、狭窄处唱歌，河水的前方差一点点儿就汇入天上的银河。河水每时每刻都与岸上的一切诀别，以微微的波浪……

河床开始回忆河流

　　大地上的河床像一个干瘪的口袋，粮食没了，口袋显出宽阔。我在各地见到许多干涸的河床，它们不是耕地、不是广场，是从天边延伸而来的河床，只是没有水。

　　所谓一无所有，说的正是河床。如果有，也只有一些鹅卵石。夏天，不长庄稼不长草的土地是干涸的河床。乍见白花花的河床，心里惊讶，它是什么？它几乎什么都不是。你能相信一个宽阔的河床竟然一滴水都没有吗？在雨后，在盛水期见到干涸的河床让人不安，无法想象当年这里曾经有过河，可以用汹涌、清澈、波浪和白帆形容的河，它竟然没了。

　　对大自然来说，河没了，比人丢了钱更痛苦。如果河没了，鱼和水鸟的家也没了。两岸的青草没了，倒映在河里的星星也没了，因为星星不能倒映在石头上。如果河没了，连同河床一起消失是最好的。没有水，留下的河床好像是伤疤，是一条长长的干鱼的尸体。是的，干涸的河床如同尸体。是谁的尸体？是河的尸体吗？没听说河竟然还有尸体——水干了，白花花的河底只能是河的尸体。

　　干涸的河床好像在回忆，它抱着不应该拥有的沉寂回忆涛声和蛙鸣。河床回忆什么是水，它不知道水流到了什么地方，也不知道水会不会再来。当年水来的时候匆匆忙忙走过河床，带来鱼虾和泥沙。水没等站稳脚跟歇息，就被后面的水挤走了，水比车站的人流更拥挤。河床从来没想过一条叫作河的水流会干涸，这种惊讶比一个朝代的更迭更让人吃惊。

河床的悲哀是一个母亲的悲哀，她的产床上已经没有了孩子，她还在等待，并且哭干了泪水。一家外媒报道，从卫星上观察，中国境内二十年前约有五万条河流，现在这些河流中已经失去了两三万条。有两万多个河床母亲手里失去了孩子，她们怀里空荡荡的，等待人类把孩子还给她们。

人说，人是无所不能的，起初我不相信。当我看到一条又一条干涸的河床时，我相信了这一点，并为自己作为人类的一分子而感到歉疚。人把河都消灭了，还有什么做不到吗？消灭一条河比建造（请原谅我使用的"建造"这个词，这完全是人类爱用的词，而河流无法建造）一条河更容易。把河流上游的树木和竹林砍光，草原沙化，河就死了，只剩下河床这条敛尸袋。

当大街出现一个带刀痕的死人时，警察会为这个人的死因搜寻原因，曰侦察破案，人类为此发明了一个词叫"人命关天"。如果一条河死了，没人破案，没人痛哭，更没人祭奠。所以，当中国死去两三万条河流时，人们并没觉得失去什么，因为他们不是小鸟、不是青草。他们忍受气候变化并心安理得，却没一个人指认杀死河流的凶手。在所有的案件里，如果凶手不是一个人而是一个社会的时候，罪行自然会被赦免——我们都不是罪人。

我们都不是罪人，我们劝自己欢乐并制造更多的欢乐。电视台从国外引进娱乐节目在媒体上操纵人们哭笑，让人保持人的正常情感。而河床敞开空荡荡的怀抱，她的孩子没有了，她以为人会惊讶，会替她找回孩子。先前的人类离不开河流，人类所谓的"文明史"都诞生于河流的两岸。看地图，人类的城市多建造于河边，中国有多少城市的名字带着水字边。古时候，人祭祀河、景仰河，后来竟搞死了河。人爱说"算你狠"，搞死河者，何止于狠，是把事做绝了。

我觉得人类应该派一个人（比如政府官员）到河边告诉河床，河已辞世，水利术语叫断流。他们理应为河床献上一些祭品表达歉意，河的消失毕竟算是大事。或者，他们在河边装一个高音喇叭，日夜播放河水流过的声音和鸟啼声。总之，人应该为河的陨灭略微表示一下态度。

／大海啊，大海／

买一亩大海

买一亩大海，就买到了一年四季日夜生长的庄稼。庄稼头上顶着白花，喧哗着往岸边跑，好像它们是我的孩子。对，它们是浪花，但对我来说，它们是我种的庄稼。

大海辽阔无际，而我有一亩就够了。其实我不懂一亩有多大，往东多远，往西又有多远。别人告诉我，一亩是六百六十六点七平方米。够了，太够了。六百多平方米表面积的大海，足够丰饶。买下这一小块大海，我就是一亩大海的君王。

在我的海域上，没人来建高楼，没人能抢走这些水，我的水和海水万顷相连而不可割断。再说他们抢走海水也没地方放。这里没有动迁，没车因而不堵车。如果我买下这一亩海，这片海在名义上就属于我，而这片海里的鱼、贝壳乃至小到看不清的微生物，更有权利说属于它、属于它们。是的，这一小片海在我爷爷的爷爷的爷爷的朋友的朋友的朋友活着的时候就属于它们——包括路过此地的鲸鱼和蹒跚的海龟，以后也属于它们。我买下之后所能做的只是对着天空说：我在这儿买了一亩大海。阳光依然没有偏私地继续照耀我这一亩海和所有的海，日光的影子在海底的沙子上蠕动。

　　一亩大海是我最贵重的财产，我不知怎样描述它的珍奇。早上，海面的外皮像铺了一层红铁箔，却又动摇，好像海水融化了半个太阳。上午，如果没有风，我的海如一大块翡翠，缓缓地动荡，证明地球仍然在转动，没停歇。如果你愿意，可以闭眼憋气钻进翡翠里，但钻一米半就会浮上来，肺里也就这么多气体。这时候，适合于趴在一块旧门板上（买船太贵）随波逐流，六百多平方米，够了，太够了。在我的领海上，我不会用线、用桩什么的，更不会用铁丝网什么的划分这块海，被划分的海太难看了。一个人的私权意识表现在大海上，就有点儿像蚂蚁站在大象身上撒尿。海的好看就在一望无际。到了晚上，"海上升明月，天涯共此时"。这两句诗连这里的螃蟹都会背，不是人教的，是海教的。金黄的月亮升起来，黑黝黝的海面滚过白茫茫的一片羊群，没到岸边就没了，也许被鲨鱼吃掉了。在海边，你才知道月亮原本庄严，跟爱情没什么关系。在星球里，月亮唯一显出一些笑意，我是说海边的月亮。

　　我还没说一亩大海在下午的情形。下午，这亩海有时会起浪，包括惊涛骇浪。海不会因为我买下就不起狂风巨浪，海从来没当过谁的奴隶。海按海的意思生活才是海，虽然九级大浪卷起来如同拆碎一座帝国大厦，虽然海会咆哮，但它始终是海而没变成别的东西。

　　谁也说不清一片海，尽管它只有六百多平方米的表面积，说不清它的神奇、奥妙和壮大。何止早午晚，海在一年四季的每分每秒中呈现不重复的美和生机。买海的人站在海边看海，鸟儿飞去飞来，鱼儿游来游去。海假如可以买到的话，只不过买到了一个字，它的读音叫"海"。世上没有归属的事物，只有大海，它送走了日月光阴，送走了所有买海和不买海的灵长类脊椎动物，他们的读音叫"人"。

海的月光大道

晚上，我在房间里站桩。面前是南中国海（中间隔着玻璃窗）。半个月亮被乌云包裹，软红，如煮至五分熟的蛋黄。有人说面对月亮站桩好，但没说面对红蛋黄月亮站桩会发生什么。站吧，我们只有一个月亮，对它还能挑剔吗？站，呜——这声音别人听不到，是我对气血在我身体内冲激回荡的精辟概括。四十分钟"呜"完了，我睁眼——啊？我以为站桩站入了幻境或天堂，这么简单就步入天堂真的万万没想到——大海整齐地铺在窗外，刚才模糊的浊浪消失了，变得细碎深蓝。才一会儿，大海就换水了。更高级的是月亮，它以前所未有的新鲜悬于海上，金黄如兽，售价最贵的脐橙也比不上它的黄与圆，与刚才那半轮完全不是一个月亮，甚至不是它的兄弟。新月亮随新海水配套而来，刚刚打开包装。夜空澄澈，海面铺了一条月光大道，前宽后窄，从窗前通向月亮。道路上铺满了金瓦（拱形汉瓦），缝隙略波动，基本算严实。让人想光脚跑上去，一直跑到尽头，即使跑到黄岩岛也没什么要紧。

海有万千面孔，我第一次看到海的容颜如此纯美，比电影明星还美。月亮上升，海面的月光大道渐渐收窄，但金光并没因此减少。我下楼到海边。浪一层一层往上涌，像我胃里涌酸水，也像要把金色的月光运上岸。对海来说，月光太多了，用不完，海要把月光挪到岸上储存起来。这是海的幼稚之处，连我都不这么想问题。富兰克林当年想把宝贵的电能储存起来，跟海的想法一样。月亮尚不吝惜自己的光，海为什么吝惜呢？在海边，风打在左脸和右脸上，我知道我的头发像烧着了一样向上舞蹈。风从上到下搜查了我的全身，却没发现它想要的任何东西。风仿佛要吹走我脸上那一小片月光。月光落在我脸上白瞎了，我的脸不会反光，也做不成一道宽广的大道，皱纹里埋没了如此年轻的光芒。站在海边看月光大道，仿佛站在了天堂的入口。这是唯一的入口，在我脚下。这条道路是水做的，尽头有白沫的蕾丝边儿，白沫下面是浪退之后转为紧实的沙滩。我想，不管是谁，这时候都想走过去，走到月亮下面仰望月亮，就像在葡萄架下看葡萄。

脱掉鞋子，发现我的脚在月亮下竟很白，像两条肚皮朝上的鱼，脚跟是鱼头，脚趾是它们的尾鳍。我在沙滩走，才抬脚，海水急忙灌满脚印，仿佛我没来过这里。月光大道真诱人啊，金光在微微动荡的海面上摇晃，如喝醉了的人们不断干杯。海水把月亮揉碎、扯平，每一个小波浪顶端都顶着一小块金黄，转瞬已逝。大海是一位健壮的金匠，把月亮锤打成金箔，铺这条大道，而金箔不够。大海修修补补，漂着支离破碎的月光碎片。

小时候，我想象的天堂是用糖果垒成的大房子。糖果的墙壁曲曲弯弯组成好多房间。把墙掏一个洞掏出糖果来，天堂也不会坍。这个梦想不知在何时结束了，好多年没再想过天堂。海南的海边，我想天堂可能会有——如果能够走过这片海的月光大道。天堂上，它的础石均为透明深蓝的玉石，宫殿下面是更蓝的海水。天堂在海底的地基是白色与红色的珊瑚——珊瑚的事，曾祖母很早就跟我说过：如果一座房子底下全是珊瑚，那就是神的房子。天堂那边清冷澄澈，李商隐所谓"碧海青天"，此之谓也。在这样的天堂里居住哪有什么忧虑？虽然无跑步的陆地，但能骑鲸鱼劈波斩浪。吃什么尚不清楚，估计都是海产品，饱含欧米伽3的不饱和脂肪酸。也许天堂里的人压根不吃不喝。谁吃喝？这是那些腹腔折叠着十几米肠子的哺乳动物们干的事，不吃，他（它）们无法获得热量，他（它）们的体温始终要保持在零上三十六至三十七摄氏度。为了这个愚蠢的设定，他（它）们吃掉无数动物和粮食。

海上的月光大道无论多宽也走不过去。天堂只适合于观看，正如故宫也只适合观看而不能搬进去住。我依稀看见脚下有一串狗的爪印，狗会在晚上到海边吗？我早上跑步，好几只毛色不同的狗跟在后面跑，礼貌地不超过我。我停下时，它们假装嗅地面的石子。我接着跑，它们继续尾随。我解释不了这种现象，也不认为我的跑姿比狗好，狗在模仿我跑步。可能是：人跑步时分泌一种让狗欣慰的气味。如此我也不白来海南一回，至少对狗如此。晚上，狗到海边干什么来了？它可能和我一样被月亮制造的天堂所吸引，因为走不过去而回到狗窝睡觉去了。我也要回宾馆那张床睡觉去了。天堂就是眼睛能到、脚到不了的地方。它的入口在海南的海边有狗爪子印的地方，我在岸边已经做了隐秘的记号。

海　边

　　我们住在海岛的南边，叫东岙渔村。南风日夜驱赶着大海到岸上放牧，我从东窗上看到海浪的羊群钻进沙滩，不复出焉。后来的白浪钻进沙滩，寻找先前的浪，同样被陆地捕俘，不见踪影。由古至今，陆地究竟捉走了多少雪白的、蕾丝边的、裹挟小鱼小虾的海浪，算是算不过来的。

　　窗外是海，除了海就没什么可看。而海，它的每一样变化还没来得及看就已经消失，变化到新的变化之中。你说你看到了海浪，你说不清看到了哪一个浪，记不住它的模样。这个浪被它身后永不停歇的、性急的新浪碾碎。水还在，浪转瞬而逝。人类的视网膜的解码速度远不及浪的速度，想起金璧辉的干爹名谓川岛浪速有些道理。人看大海如文盲读一本篇幅浩大的书，认不出其中的任何一个字。我们虽然不认识海的字，但我们认识海鸥。海在光线和风里变出黄的、蓝的、灰的颜色，但海鸥始终是白色的，如一条会飞的刀鱼。我想象洞头岛真富庶啊，刀鱼满天飞。海鸥飞得低而慢，我们的视网膜大体上能看清它的仪态。它的翅膀似乎捋不直，如信天翁翅膀压不弯。它的翅膀（即刀鱼部分）上下翻，却让人觉得翅膀如 V 字。这个 V 字的长翅膀的两端下垂，俨然旧时代小瓦的瓦檐，却白。

海鸥乱七八糟地飞来飞去，如潮水涨来涨去。海鸥的叫声大体上属于猫的音色却更凄厉。这一点，人类又有不解。以海鸥的优雅与轻佻，它的叫声似乎应该圆润些，如杜鹃鸟发出的双簧管的音色。人类有一种配套成龙的习惯，把东西放一块。好看的鸟儿叫声也要好，如不存在的凤凰。不好的东西也放一块，饿狼最好连腿都是跛的。但上帝不这样想，上帝创造万物的准则并不是人类眼里的完美模式（完美这个词，上帝从来不去想）。上帝赋予每一种物种生的能力的同时赋予它们难以逾越的缺陷，让这一物种在缺陷中有序增减。追求完美即是人类的缺陷之一。

眼前的大海有黄色的波浪，他们说台风从南面快要赶到了。感觉不到风，但海浪越来越大。离岸很远的黑礁石围满了白色的浪花，这在头几天还看不到。浪头由西到东次第上岸，如同用鞭子在沙滩上抡了一下。由此，涛声由远及近或由近及远，传来长长的喧哗，海水一浪逐着一浪到岸边劈头摔下却没有水接着而发出的绝望呐喊。没随浪头转回反而钻进沙滩里的海水发出咝咝声，好像有人吃了辣椒之后的吸气。沙滩感叹浪头太大，不禁咝咝。

夜里，涛声越来越重，尽管台风并没有来。是夜无月，看不见海面的情形，只听涛声大如黄河决口，如同大山走动起来到海边集结。原来，一波与另一波的潮水拍岸之间尚有短暂的空寂，此刻空隙抹平，耳畔灌满涛声。我如做梦一般想起了学书法抄过的三位晚清诗人的诗：

千声檐铁百淋铃，
雨横风狂暂一停。

正望鸡鸣天下白，
又惊鹅击海东青。
沉阴噎噎何多日，
残月晖晖尚几星。
斗室苍茫吾独立，
万家酣睡几人醒。

——黄遵宪《夜起》

凄凉白马市中箫，
梦入西湖数六桥。
绝好江山谁看取？
涛声怒断浙江潮。

——康有为
《闻意索三门湾以兵轮三艘迫浙江有感》

海天龙战血玄黄，
披发长歌览大荒。
易水萧萧人去也，
一天明月白如霜。

——苏曼殊《以诗并画留别汤国顿》

实话说，我不太明了这些诗的寓意，其意境混杂一体庶几可传达此夜涛声的氛围，但没那么悲观。人不明白的事情实在比明白的事情多得多，谁知道写书法抄过的诗篇竟能记住，竟能在海边的潮声中浮上心头呢？忆诗时手指要在腿上写，否则也记不起。可见这些诗记忆在我的手指上。我开始相信电影里的人物对着山峰、松林、花朵背诵诗篇可能是真的，他们原本都练过书法啊。这又提醒我以后写书法抄诗要抄一些着调的诗，蜀道难什么的干脆不要抄了，因为我根本去不了李白去的地方。

黄遵宪说"斗室苍茫吾独立"，吾乃"独卧"，立之事刚才站桩已经立过了。听海潮八荒涌来。你可以说潮声像什么事物，但没法说什么事物像潮。潮声把世上所有的声音都收纳了，如崩石，如裂岸，如马踏草原，如群狮怒吼。而被狂涛掩盖的细小声响，还如鸟鸣声、冲刷声、浪穿过空气的嘶声。更有巨浪打在岸上之后土地的震动声，浪打在船上、石上、浪上的不同的响声。众多声音一并响起，使人不知道这是什么声，曰涛声。黑暗里，我躺在床上想，假若这不是涛声会是什么声呢？竟想不起来。涛声之外，世上无此声。听来听去，禁不住几次起身趴窗台看海，偌大的海竟被夜色包裹得严严实实，一滴水也没看到，只有一阵紧似一阵的浪涛声。我想象浪头一浪高过一浪，在海上雪白地相互追逐。海水撞在礁石上，浪花伸出巨大的白爪。天上无星无月，乌云遮住了整个天空。遮住所有的天光。这需要许多云，数量要和大海一样多。我依稀记得陆地上没有太多云，如不下雨，云彩与天空基本是一半对一半。海边不一样，需要更多的云。为什么需要这么多云，我也不知道。在巨大的浪潮声里，我竟睡着了。我怨恨自己：这么大的声音，怎么能睡着呢？但还是睡着了，大自然的声音无论多么喧哗，都与人身体内部的节律合拍，大自然从来没发出过噪音。

夜里醒来，第一件事是听海浪还响吗，还响。不管有没有人听，它们都在响。我索性到了海边，找地方坐下听涛。天色黑得看不见海，看不见浪头打到岸边向前伸出的手。我如盲人一样瞪着前方，前方一无所有。听觉告诉我浪从左边打过来，从右边打过来，而眼前的漆黑即是大海。心里想海里的鱼在干什么，不知它们睡不睡觉。想"哗——"是什么，想"唰——"是什么，想我在想什么。起身走的时候，我看不见自己的脚和脚下的路。这个"我"慢慢地、顺利地回到了房间，重新躺到床上。我方知人在海边并没有当下，一无所见亦一无所闻。我无法向别人转述"哗——"的内容，也不能转述我的所见。

第二天早上起来看海。大海来了，有远有近，风平浪静。最远处的海是灰的，接着蓝与黄的海水涌向昨夜我坐过的沙滩，海鸥在飞。昨夜的涛声与我的漫游都像假的，如同臆造。

海上日出

在洞头岛看海上日出，这是早上 4：30。车开到宽阔地带，略微能分辨出天与海的连接。这处海滩沙子好，马蹄形的沙滩被黑黝黝的碉堡般的高崖环抱。抬眼看，天际有一隙暗红的光带，如烧红的铁条穿透了海平线。铁条分开了海和天上的云层。此刻仍黑暗，看不清海，也看不清云层，只是觉得那里应该是海天交接处。

太阳现在哪里隐匿？它要为盛大的演出而化妆、而换衣、而候场吗？在巨大的海与巨大的黑暗后面，会有一个金光四射的太阳吗？现在看不出来。平时谁都不怀疑太阳每天升起，但等在这里观日出的二十多个人都心存疑虑。人们——一排排如黑树桩一般的剪影仰望天幕，日如不升，就成了一个负心人。我想的是：这根铁条横在那里，约等于说云层没有完全遮蔽我们观日出的通道，太阳升的时候会允许人们在这个窄条里看它一眼。这一条红线实在太窄了，类似百叶窗的缝隙。也许由于看日出的人少，太阳留给洞头海滨浴场的观赏视域就这么窄，约等于一根芹菜外加一根韭菜叶的宽度。我想，铁条上面平直的浓云会不会降下来？那我们什么都看不到了。

这些事写下来很啰唆，当时只是一晃儿的时光。又一晃儿，云与海平线的间隙宽了。瞬间，彩光铺在沙滩上。

温柔的潮水上岸转头走掉，沙滩便留下一个平坦的浸满水的镜子，里面嵌装彩光的倒影。在几乎还可以称为黑暗的海滩上，橙色加杂粉光的光影从沙滩的水渍反射出来，比天空更明亮。这些光并非彩云的光，也不是霞光，是太阳升起之前的金晖被乌云遮挡中喷发过来的光束，敏感的水捉住了这些光。然而，海面并没有粼粼的光斑。应该有，但没有。此时，人对面看不清五官，天还算黑着。

太阳要出来了，我觉得坐站皆不宜，应该蹦高。沙滩太软，蹦不起来。但奏乐显然是最适宜的事，我后悔昨晚没在手机下载几首乐曲于此时播放。海滩上的人们开始照相，小孩子光着身子往浪里冲。没人用手机播放庄严的乐曲，他们像我一样无知，一样莽撞。俄而，金光铺满沙滩。这么说有点儿不真实，解释一下：海的尽头喷涌光芒，但海上见不到。海上的浪头骑着前方的浪头奔来，见不到反光。不知哪会儿，天空的云层瓦解了，可能是阳光太热，把它们烤散了。云的头顶出现青白色飘着红云的光，这些天光照在沙滩的水上，绚丽一时。但这时太阳还没出来，还没到出的时候。我上网查看，二〇一五年八月二十日洞头岛日出时间为五点二十一分，现在已是五点十九分。众人欢喜，不再管太阳出不出来，不出也不算事。这些人照相，追逐浪潮，天边幻化以玫瑰色为主调的光幕，海浪把这些光如锦缎一般铺在沙滩上。刹那间，你不觉得这是水，也不是沙滩，而如真实的织锦，转而消失。下一拨的浪铺出一幅新的锦缎图，比刚才更美，当然又消失了。正在看，有人高喊：太阳出来了！

太阳从海平线冒出头，边缘模糊，好像沾着水。它探出头来，似乎愣住不动了。原来世界竟是这个样子。少顷，日头猛地跃出海面，体积一下显小了。太阳在海上待了三五秒，钻进上面的云层，日出结束了，也可写成"完"。

日出这件事其实不可描述，宜目睹，宜惊呆，不宜转化为字。字跟日出的壮丽相比简直啥也不是。观日出后，总觉得一件事还没有完。人最爱用睡觉结束一件事，但现在是早上，怎么睡？我上公路跑了一个十公里。边跑边回味日出所见，想来想去不真实，这是真的吗？有点儿拿不准了。

南澳岛听涛

　　南国十一月份的阳光依然和煦，雨季过去了，光线透明，草木浑然不觉冬之来临，仍然蓬勃生长。草木在这里很舒服，阳光像海水一样泛滥，阔叶的芭蕉像夏季一样葱茏，它们长在北纬 23 度 26 分 21 秒的北回归线上，这是太阳在北半球能够直射到的离赤道最远的位置，在汕头市南澳岛。

　　岛上有一棵郑成功时代的招兵树，这棵古榕浑如一间高广大屋，几个人抱不过来的树干之上枝杈纵横，叶片密不透风，仿佛它已与大地生长一体，是一块突出于地面生长绿叶的铁黑色岩石，风雨不侵。

　　南澳岛的海水瓦蓝，比天空更纯粹，有琉璃的质感。登山观海，视线挪到岸上，楼房显得十分小巧，沙滩的人比草芥更小，如同一幅画上随意点上去的几个点，小得没法再画了。夜里，我在南澳岛的海边跑步。这里修了一条很好的海滨大道，道路平整。海消失在月色里。月亮只照亮一小片海，在海面留下一小片金箔。海水来抢，金箔七零八落，瓦楞式的波纹动荡不休。我到海边跑步是为听到涛声。浪涛在看不见的海里奔跑，我也在跑。随着"啪、啪"的节奏，心跳和落地的脚步协调一致，而"哗、哗"

的涛声似在身后追赶。夜的海如无边的猛兽来袭，它们蹲在模糊的浪涛上发来吼声。跑的时候，无论睁多大眼睛都看不清海的广阔与深邃。你觉得这一大堆奔涌的水连着世界各地。看地图发现，阿根廷有一个地名叫"里瓦达维亚海军准将城"，位于审豪尔赫海湾，我很想坐船去这个地方看一下。军人在阿根廷很吃香，这个国家的地图上还有苏瓦雷斯上校镇、皮科将军镇。巴拉圭有一个地方叫"伦萨少校堡"，靠近玻利维亚边境。看来这个国家军官少，少校就可以命名地名了。我身旁的海水有可能来自里瓦达维亚海军准将城，到达南澳后返回阿根廷。大海到处都是路，海水可以无拘束地到达各国港口。

南澳岛的居民们在海滨大道跳舞。路灯下，人们姿态翩翩。看上去，她们很像是鱼儿从海里跳出来起舞，像章鱼那样手拉手跳舞。海浪撞击防波壁，叹息一声退去。在海边跑步，耳边传来远远近近的涛声。人耳不够灵敏，把无数涛声集纳成大概的"哗——"。海上，耸起的后浪拍击平缓的前浪，浪在空中开花散落。浪呼啸着俯冲，浪摔在礁石上如破裂的釜，浪相互拥挤。这一切声音被混入苍茫的夜空，无法用语言描述。大海发出声音并吸收声音，它是巨大的音场，高频音被磨掉棱角，低频音只剩下混沌的震动。我相信海里成千上万种鱼类、贝类乃至海草都在发出声音。通过水分子传送八方。这是以耳膜感受空气声波的人类包括无法听到的音响，它们在水里而非空气中传输音频信号。我相信水里生物的声音照样可以用清澈、孤单、嘹亮、温柔、激烈这些词语来形容，这是它们的歌声。所有的生物都能用频率或者叫节律表达情感。大海是最伟大的情感抒发者，它无比丰富的情感在人耳听来有一些单调，哗——哗——，日夜不息。海所表达的意思怎么会仅仅是"哗——"呢？总有一天，人们会从涛声中解码出惊人的秘密。

岛　　上

　　到了岛上，心想岛又怎么样呢？登陆时踩踩地面，挺结实，跟踩大陆没两样。汽车在岛上飞驰，没减速的意思，让我稀奇：岛挺大啊，汽车呜呜跑。坐车上，看岛上群山连绵，更稀奇。岛上还有山啊，同伴说你少见多怪，洞口群岛是一个县，设有中国共产党洞头县委员会，懂不懂？我闻此言，默默向洞头县委书记和县长致意，他们在岛上领导着一个县前进。

　　我到海边的机会少，上岛的机会更少，于是对岛上的连绵群山感到诧异，见到这里的人把零星小岛的山峰劈了一半填海更诧异。待到我开始环岛跑步，钻过一个又一个隧道就不觉得岛与大陆有什么区别了。岂止岛上有山？这座岛与每一座岛都是耸立于海面的高山，洞头人民在山顶修建公路，盖起了高楼大厦。假设某一天海水突然退掉，他们都成了在巍峨山顶上生活的高尚的人民，每人除身份证外，另外颁发一个神仙证。我们在陆地上或者在海底用望远镜仰望他们，那时候岛改为山——洞头山、灵昆山、霓屿山等等。海水固然不会退去，即使退去了，洞头早已修好连接温州与各岛屿的跨海大桥。坐车跨桥，在各个岛屿游走——洞头人真是了不起，该想到的都想到了。洞头人常说，我们与温州市区只有一个多小时的车程。他们想说的其实是他们已经去除疏离感，与大陆连接一体。

在岛上走，看到方石砌的民舍，比大陆的房子结实十倍。他们说，渔民修这样的房子抗台风。你仔仔细细看这个岛，不光房子抗台风，这里的每一株小草、每一棵树都在与台风的对抗中获得了大陆草木所没有的能量。你看岛上郁郁葱葱，草木在珍贵的、从远方吹来落在石缝里的土中扎下根。对岛上的草木来说，扎下根就永不搬家，台风或烈日都不会让它们死去，也不会让它们退缩。我在岛上的地面看小蚂蚁爬，它们在茂盛的植物下奔忙。我听说下周台风就来了，会把蚂蚁吹到海里吗？台风可以摧木毁屋，但不一定能吹走蚂蚁，大自然就这么安排的，我在心里对蚂蚁和池塘的白鸭默默地表达了敬意。

在洞头我们正赶上七夕节。这里的七夕与其他地方不同，是送给孩子的祈福节。家家户户蒸年糕，摆水果，烧纸上香，祝贺家里十六岁的孩子长大成人，祈求上天保佑尚不到十六岁的小孩子继续平安成长。我一想，其他地方好像没有这样的民间节日。这个节日好，凡是给小孩子的节日都是欢乐的节日。如果我是这里的孩子，看到大人为我大吃大喝，何其得意。父母为孩子祈福那么虔诚，孩子能不感动吗？孩子在这一天会明白：中国的家长一切都是为了孩子，这是本能冲动，拦都拦不住。这个节过早了也不好，譬如孩子两三岁时过这个节，他不感动。十六岁刚刚好，此时他们刚要早恋，刚想叛逆，过完节，全正常了。洞头是温州市辖的一个县，最近改区了。这里的人却说闽南话，祖籍多是福建人。从地域性格说，温州人敢闯敢干，闽南人敢打敢拼，两股血脉在洞头汇合，真是得天独厚。

洞头人劈山填海，见其勇猛，他们还有细腻的一面——渔民绘画。我们看画的同时看到了作者，他们中间有渔民，也有普通的岛民，女性居多。县文化馆为他们开辟了一间大画室，任其自由创作。他们的创作虽然"自由"，然而画面离不开船和大海。这些作画者没有技法与美术史的束缚，人物扁平，构图对称，然而内容感人。他们把人画得像儿童一样跳舞唱歌，献出猪羊，祈求老天爷与海神娘娘保佑他们出海平安。画有画风，如果画出单纯与质朴，就感人，像这些画。

洞头岛商业发达。市中心商铺一家挨一家，游人川流不息，旅游经济带动渔家乐遍地开花。岛上公路好，这是就长跑而言。环岛柏油公路专门辟出一条彩道供自行车与跑步使用。我在岛上分别跑了五公里、十公里和十六公里。因为心里没底，没敢环岛跑。下回去洞头一定环岛跑一下，全程约二十三公里，对我来说刚刚好，再远就跑不下来了。

雨落大海

我终于明白，水化为雨是为了投身大海。水有水的愿景，最自由的领地莫过于海。雨落海里，才伸手就有海的千万只手抓住它，一起荡漾。谁说荡漾不是自由？自由正在随波逐流，"应无所住而生其心"。雨在海里见到了无边的兄弟姐妹，它们被称为海水，可以绿、可以蓝、可以灰，夜晚变成半透明的琉璃黑。雨落进海里就开始周游世界的旅程，从不担心干涸。

我在泰国南部皮皮岛潜泳，才知道海底有比陆上更美的景物。红色如盆景的珊瑚遍地都是，白珊瑚像不透明的冰糖。绚丽的热带鱼游来游去，一鱼眼神天真，一鱼唇如梦露。它们幼稚地、梦幻地游动，并不问自己往哪里游，就像鸟也不知自己往哪飞。

人到了海底却成了怪物，胳膊腿儿太长，没有美丽的鳞而只有裤衩，脑袋戴着泳镜和长鼻子呼吸器。可怜的鱼和贝类以为人就长这德性，这真是误会。我巴不得卸下呼吸器给它们展示嘴脸，但不行，还没修炼到那个份儿上，还得呼吸压缩氧气，还没掌握用鳃分解水里氧气的要领。海底美啊，比九寨沟和西湖都美。假如我有机会当上一个军阀，就把军阀府邸修在海底，找我办事的人要穿潜水服游过来。海里的细砂雪白柔软，海葵像花儿摇摆，连章鱼也把自己开成了一朵花。

上帝造海底之时分外用心，发挥了美术家全部的匠心。石头、草、贝壳和鱼的色彩都那么鲜明，像鹦鹉满天飞。上帝造人为什么留一手？没让人像鸟和鱼那么漂亮。人，无论黄人、黑人、白人，色调都挺闷，除了眼睛和须发，其余的皮肤都是单色，要靠衣服胡穿乱戴，表示自己不单调。海里一片斑斓，上帝造海底世界的时候，手边的色彩富裕。

雨水跳进海里游泳，它们没有淹死的恐惧。雨水最怕落在黄土高坡，"啪"，一半蒸发，一半被土吸走，雨就这么死的，就义。雨在海里见到城墙般的巨浪，它不知道水还可以造出城墙，转瞬垮塌，变成浪的碉堡、浪的山峰。雨点从浪尖往下看，谷底深不可测，雨冲下去依然是水。浪用怀抱兜着所有的水，摔不死也砸不扁。雨在浪里东奔西走，四海为家。

雨在云里遨游时，往下看海如万顷碧玉，它不知那是海，但不是树也不是土。雨接近了海，感受到透明的风的拨弄。风把雨混合编队，像撒黄豆一样撒进海里。海的脸溅出一层麻子，被风抚平。海鸥在浪尖叼着鱼飞，涛冲到最高，卷起纷乱的白边。俯瞰海，看不清它的图案。大海没有耐心把一张画画完，画一半就抹去另画，象形的图案转为抽象的图案。雨钻进海里，舒服啊。海水清凉，雨抱着鲸鱼的身体潜入海水最深处，鱼群的腹侧如闪闪的刀光，海草头发飞旋似女巫。往上看，太阳融化了，像蛋黄摊在海的外层，晃晃悠悠。海里不需要视力，不需要躲藏。水是水的枕头和被褥，不怕蒸发，雨水进入大海之后不再想念陆地。

海浪洗黄昏

在洞头岛，黄昏时分在海边走，有别样风景。

黄昏正赶上大海退潮。千万只浪花的手伸到岸上，再缩到海水深处，好像在寻找遗失的珍宝。蓝色的大海一点点儿金黄，俄而橙红。海水颠簸着，瞬间击碎金与红的浮光。海鸥惊慌失措地来回飞，嘎嘎叫。叫的声音不好听，难怪营口一带的人管海鸥叫海猫子。

海猫子不喜欢蓝色的大海被染上金红色，去阻挡光芒，它雪白修长的翅膀上也染上了金光。

一艘白帆船驶来。这是一艘小船，帆不怎么白了，帆上写一串阿拉伯数字。尽管这样，这艘船的风帆仍被余晖照得金红。

大地暗黑，树林里的树枝浑融一体，像黑色的城墙。离地面很近的天际堆满云，这些云像是返航的远洋船队回到岸边。

在大海这边，天空无比开阔，云层快速消散，露出明亮的蓝色天幕，金色的星星已经准备好出场。

黄昏的光芒隐退，海浪也平息了，海的白蕾丝边浪花模糊不清。海浪完成了任务。它们收割海浪上面余晖的光芒，埋在沙滩里，让它们变成金沙。

腾升的火

火　柴

　　火柴多好啊，像一排戴红帽子的孩子躺着睡觉。火柴燃烧之前，要"哧啦"一声，昭示开始。火，这么神奇的东西，怎么能像手电筒那么平庸地白亮呢？火在火柴棍儿上笑，晃着圆圆带光的脑袋，做出红焰和白焰两种表情。如果我们到了一个没去过的地方，比如说穆日根家里的地下室，四周黑暗。那么掏出火柴来，哧啦！周围一切深深浅浅暴露出来。黄漆的木箱。书，定睛看是《青年近卫军》。筛子、箩、镐头和养蜂的箱子（他家怎么会有养蜂的箱子呢？），我们总能找到喜欢的东西。这时，火苗摇曳，这些东西的影子也跟着摇曳，像有腰。火柴熄灭了，骸体如一根迅速退却的红丝，烫得指尖疼。再点一根，这些东西又出现了，摇晃。这时，如果有电灯，亮得一览无余，多么煞风景。电灯，就像糖精水、方便面与卡拉OK一样，抹杀了许多事情的快乐。

　　我们不明白火柴头儿和磷片一擦，为什么火苗腾起，也不想听这里面的道理，于是一根又一根地擦亮，扔掉，又擦亮。在匮乏的年代，这是我们玩儿得起的一种玩具。我们感到火苗是活的，就像电灯是死的。划火柴时，伴随着手势和动感。而今，打火机和电子打火灶把火柴挤出了生活之外，孩子遇到这个词还要查字典。那边，父母说：

"那是古人用的一种东西。"

火柴的隐秘、炽亮，映红我们脸膛的一瞬，像对许多原初和富于创造的事物一样，我始终抱有悠长的怀想。

火的伙伴

在大雪飞落的冬季，烤火成为一个甜美的词。

人们出去、进来，仿佛是为了接近烤火而做一些准备。

烤火的姿势最美。伸出手，把手心与动荡的红焰相对。你发现手像一个孩子，静静倾听火所讲述的故事。

我爱看烤火的手，朴实而温厚，所有在劳动中积攒的歌声，慢慢融化在火里。抓不住的岁月的鸟翼，在掌心留下几条纹，被火照亮，像羽毛一样清晰。

烤火的男人，彼此之间像兄弟。肩膀靠着肩膀，脸膛红彤彤的，皱纹远远躲在笑容的阴影后面。用这样的姿势所怀抱的，是火。像他们抱庄稼迈过田埂，像女人抱孩子走到马车边上。

烤——火，这声音说出来像歌声结尾的两个音节，柔和而亲切。说着，火的伙伴手拉着手从指尖跑向心窝。

你在哪里看过许多人齐齐伸手，在能摸未摸之际，获取满足。这是在烤火，火。

在北方，田野只留下光洁的杨树，用树杈支撑着瓦蓝的晴空。雪后，秋天收回土地上的黄色，屋舍变矮，花狗睡在炕梢，玻璃窗后睁着猫的灵目，乌鸦飞过山岗。

雪花收走了所有的声音，河封冻了。这时，倘若接到一个邀请，倘若走进一个陌生的人家，听到的会是：

　　来，烤火，烤烤火。

火　花

　　夜里在涪江岸上跑步。没有月色，江水在江心岛灯光的照耀下看出来一点儿流淌。跑步的岸是大坝修成的花园，有树、畦花和拿鼻子问路的狗。

　　在坝上跑了四公里往返，看江水却看不清。尽管看不出江流，它也不像一块地，淡淡集合着天光，却比天窄。即使江面漆黑，人也能感觉江在默默地流。跟白天的奔涌相比，江水在夜里好像白流了，它不知自己身在何处。比如水岸用彩灯连缀的几个字——桃花岛。我想起东坡夜游赤壁，倘若没有星月，小舟载人在江上泛流，也不知人在何处。

　　在坝上跑步放不开腿脚，不光天黑，是没理由在坝上狂奔，会让树下接吻的情人恼怒。人静你动就是一种冒犯。有一条狗跟着我，我怕狗，四下找它的主人。但它无主人，从它轻佻的举止就看得出来。过去，我跑步因为遇见狗追把脚崴了，这回恐怕会被它追进江里。我站下，它假装嗅护栏下面的草；我快跑正中它意，撒开四爪飞奔；我慢跑，它用小碎步迎合。我想我怎么会遇见这样一位跑友呢？我怕狗是因为我觉得一定会被狗咬到，被咬部位必定是腿肚子而非别的地方。我仿佛体验到腿肚子的肌腱被狗牙咬的痛楚，两排牙印清晰可见。这时候最想学狗语，警告它不要再追我。然而，现学狗语来不及，只好用汉语斥它：去，别追了，停下。这条白毛、肩膀带黄斑、腰身细长的狗站下，用不解的眼神看我，仿佛受了冤屈。我说这不算冤屈，你干点儿别的吧！狗听了这话大吃一惊，掉头跑去，消失在夜色里。看来，"你干点儿别的吧"在狗的语言系统里是一句可怕的话，相当于人类说的"我要拆你房子"。

我向北跑到桥下，折返往彩灯的"桃花岛"方向跑，跑了大约两公里见路边有烛光。

跑近了看，烛光在白色花岗岩的护栏下放射红晕。路到头了，烛光下面是野草的陡坡，有好心人（民间人士）点燃蜡烛警示。蜡是庙里用的大红烛，上粗下细，有插入泥土的铁钎子。它的火苗远看红色，近看是橘黄，再近看是两束白色的火苗。

我蹲下端详烛火，看着稀罕。很久没看到火了，家里做饭的天然气火被锅盖着，看不到。而且，天然气像木梳一般滋滋响的蓝火是工业的火，没烛火那么生动舒展。

涪江坝上的两团烛火一高一矮，像比赛跳高，有表情、有笑容。我想了半天想出一句话：这是活的火。离开它们回头看，两朵微焰合成了一团红晕。那么好看，却说不出词来形容它。它的温红在夜的风里摇摆，我想起了一个词：火花。一瞬间，我为创造这个词而生出"天降大任于斯人"的惊喜，火花，了不起！过一会儿，想到这是早有过的词，也许用了一千年了。转而敬佩创造"火花"这个词的人，他不跑步，没被狗追也能造出如此妙词，了不起！

火 琉 璃

最华丽的东西是火。它烧起来，身子左右扭摆，雍容如绸缎。绸缎是对火外形最贴近的描述，尽管人不敢用手去摸它。火碰人，但不让人碰。火苗软，四肢如婴儿身体一般卷曲自如。冰冷的铁遇到火，说火比水还要柔软。火的手像在水上吹过波纹的微风。许多东西害怕火。但火不清楚这件事，它想摸一切东西，从山峰到花朵。火把双手放在冰上，想把冰抱起来，但冰开始流泪。冰的全部身体只是一滴泪。对人来说，泪是心里的水。悲酸的人用眼睛在心的井里汲水。心脏和眼睛中间没铺设管子，水从心爬上眼睛很困难。泪水爬上眼睛是想看一看那些不幸的人。牧民的草场被开矿的人占了，补偿费寥寥无几。他们给有草场的人当牧工，冬天买不起取暖的煤。被圈进城镇的农民在街上卖菜，卖一天菜赚的钱折叠起来没有火柴盒大。泪跑出来看他们，引出来更多的泪水围观。失去草场和土地的人，四十岁苍老得已如一截炭，生命一点点儿变短，灰烬被风吹走。冰从火的怀抱跑脱，化为水，土地留下黑黑的背影。冰想看看火的模样，但睁不开眼睛。大体说，火焰高鼻梁，像观世音菩萨一样微合眼帘，身形似坠露。

火的衣衫比绸缎更明亮，如琉璃般的罩光，又如向上飞的鱼。金红的鱼从火里蹦蹦跳跳，钻入虚空。它们红脊红鳍，像筷子一样细，没有网能收拢这些鱼。有人说火家族的相貌全一样，说得不确切。非洲人长相各式各样，但在外人看来全一样。有个中国人在赞比亚被偷了钱包，警察抓到三个嫌疑人让他辨认。丢钱包的人沮丧地说，这三个黑人长得全一样，让我怎么认？火有红脸、金脸、蓝脸、白脸，相貌不一样，它们的身段瞬息万变，跳着各自的舞。

人类的视网膜比较简单，看东西只看个大概。人看不清飞鸟扇动翅膀，而鸟会看得清。鹰的眼睛在一万公尺的高空能看清兔子在草丛里拉屎。人差远了，别总吹自己伟大，连伟哥都够不上。幸亏动物们听不懂人类的广播，听懂得羞死。动物们看清了火的舞蹈。火烧起来不仅往四外飘，还在跳重重叠叠的群舞。每一束火实为云母片般重叠的薄翼。火分成一层又一层。如果你眼睛够尖，会看到它穿着一件又一件火纱衣，又一件件脱掉。人永远看不到火的胴体，除非你进入火而又不燃烧。

火的热烈让它交不到朋友。它拥抱松树就毁了松树，它抱住庙宇就毁了庙宇。火永远孤独。火捧起矿石，眼看着液体的金子从石头里流出来，石头流出黄铜黑铁的汁液。火不知这是为什么，是什么让金子汁液从石头里渗出来，像水一样。而火跑进森林里，见到更多的火，火从树上跑出来迎接火。这些火以前住在树里吗？火不知道这是为什么，正如它不知道美丽的树何以化为焦炭。

富兰克林发现了电，又发现电不可贮存。粮食、煤炭和金币都可以放进一个地方，电却不能。铁箱子尤其不能装电。富兰克林试过把电装进什么东西里，但上帝没创造这种东西。爱迪生听说这件事后让电在电灯里消耗掉，为了卖钱。世上可存的东西是人的东西，比如衣衫和存款。不可贮存的东西是神的，比如火和电。不可存的东西都不让人摸，火以及电。火似乎藏在任何地方——木头里、煤里、纸里。小时候玩儿火，看到火吞吃一张白纸，纸只剩乌黑的小角最终消失，火和它同一秒钟消失。这时心里怅然，想知道火去了哪里，但不知道它去了哪里。它从其他的地方出现，如炉膛。火出来了，披着明晃晃的琉璃绸缎，一步三摇，把煤和木头烧尽之后又跑掉。火，它到底是什么东西呢？

火苗去了哪里？

佛说：请拿一支蜡烛来。

弟子们拿过一支蜡烛。

佛说：请点上。

弟子点上，光明在前。

佛说：请把蜡烛靠我近一些。

蜡烛靠近佛。佛吹一口气，烛熄。佛问：火苗到哪里去了？

弟子面面相觑，答不上来。

火苗去了哪里？并不是问它是不是熄灭了，也不是回答浸油的棉纱在有氧条件下燃烧，是问刚才那一朵火苗，到哪里去了？

并不是眼见的东西才存在。流星从天空划过时，它在当下的时间已不存在。传到人的视网膜上的星光，只是多少光年之前的光。那么，人们不得不接受一个乖谬的事实——见到了一样早已不存在的东西：流星。

眼睛（光的感受器）和时间，遮蔽了真相。

即使如真相，也只存在于一定条件中。

火苗作为一种现象，它存在的依据不是油脂和棉纱，是火苗闪亮之前的广大的黑暗。火苗和黑暗并存，火苗如果"去"了什么地方，也是回到了黑暗中。

人所看到、所感知的事物，多是个体。人们习惯并依赖这一点。比如见到孤立的人、房子、声音和色彩。但事实上，世上什么事物都没有孤立存在过，是人的假定。

譬如，量子力学发现，一个原子可以在两个地方同时存在，这几乎是人的惯有思维所不能理解的。

譬如，天空无所谓蓝，这是光谱顺序，是地球对太阳的角度对人而言所形成的颜色。说蓝是有条件的颜色亦可，说蓝是一种假象亦无不可。

那些自称坚持真理的人，不知道有多少人在坚持谬误。他们坚持的大多是已知和旧知。

说火苗并没有存在过，亦无从消失，也算一说。分从哪一种角度和向度观察，这不是诡辩，也不是虚无，只是告诉人们别太固执己见。

弟子问佛陀：如果一尊神死了，它去了哪里？

佛说：请拿一支蜡烛来。点亮、吹灭。问：火苗去了哪里？

走到哪里都认得出火的模样

我记不起小时候第一次见到火是什么感受。小孩子见到什么都抓一下，如我爸说："蒙古人的手里长着眼睛。"但火不可抓，人一生也抓不到火，最后却被火抓走了。

火是一朵花。这朵花颤抖、试探，包裹一圈儿火芒。西班牙诗人阿莱克桑德雷说："所有的火都带有激情，唯有光芒孤独。"夜里，光芒为火镶一层边，像雾，像麦芒。光芒和火中间有一层空隙，仿佛把火苗安排到一个玻璃罩里。这是说火苗，油灯和火柴上的火苗。火苗是火的孩子吗？它弱小，但与大火同样明亮，穿着同样的衣衫。

火穿着一模一样的衣衫，由红黄蓝白四块布幔缝制。在阳光下，火的衣衫被剥走，它成了透明人。火除了衣衫，没有其他家产，它的身体长在衣衫里。在斯图加特的索里图山边上的熊湖岸上，在南西伯利亚的安吉拉河边，我见到与故乡一模一样的火。

火在夜里笑，微笑或大笑取决于风势。人盯着火看一会儿，感到其实它想跑，被什么东西拽住了脚。火的脚跟绑在木柴上，绑在煤和油里，不然早跑了。火盼望像鸟一样高飞，在松针上跳跃，听松树暴跳如雷。火倾出身子，缩回来，柔软之极，它比花草和水更像舞蹈演员。火像一朵莲花，这用斧子劈不开的花，如同斧子劈不开一滴水。

火和水包住斧子又放开斧子。它是色、又是空。火是实体，却没有重量。用秤估算不出火的重量。火像荆棘，满身有刺。火像锦缎一样光滑细腻。我摸不到火，却感到了它的光滑，火的皮毛比狐狸更光滑。皮毛从火的颈子流泻，由红色变为金红，转为空心的蓝。火的蓝比天的蔚蓝更浅一些，屁股坐在一个白盅里，自然这是火的白盅。在光里面，红与蓝常常相邻，由金黄连结，黄昏的天空也是如此。

火苗的形状如一滴水，这滴水从地面向天空生长。火苗的苗跟植物的苗一样往上方延伸。但火苗更像一滴水。这滴水遇到外物散开包抄，像莲花打开叶片。火的顶如莲花的顶，点染一点红。

火睡觉的时候并没有熄灭，炭才是它的梦乡，多少火苗在炭里相拥而眠。在薄薄的灰烬里，火已睡熟。"剥"的一声，是火的梦话。火在炭里多么安静，像婴儿那样恬然。它拱起圆圆的脊背如熟睡的猫。风走过，炭火的火星惊起，跳进夜色里再也回不来了。

在黄泥铁桶的小炉子里，火倾听小米粥的歌声。粥的歌声跟打呼噜差不多，咕嘟咕嘟，吹起一些泡儿又吹破一些泡儿。火沉湎于这些歌声，它闻到粮食的香气塞满四外每一个缝隙。火奇怪，它在铁锅下面奔跑。为什么传来粥的歌声？铁锅是世上神物，遇火每每发出不同的奇香，黍米之香，菜蔬之香。起初，火以为铁是香的，后来得知锅里有米，米香即是大地之香。

火是蒙着眼睛奔跑的精灵。火看不到任何东西。它见到木柴时，烟挡住了它的视线。它见了黑夜，夜退到远方。火焰的光芒隔离了火的视线。火在阳光下睁不开眼睛，火在枯枝上爬行，火在草绳上模仿一条蛇。

不烧的时候，火待在哪里？这个疑问与火苗去了哪里一样令人困惑。不能说火藏在木头和煤里，它同样藏在布、干草甚至塑料里。铁和石头撞击蹦出火星，火什么时候钻进铁和石头里了？在凸透镜的照射下，火从纸里跑了出来。是的，火藏在一切地方，是火柴、打火机、铁和阳光让它跑出来，它在那个地方沉睡久了，被火唤醒，急急忙忙跑出来。火在煤的身体里睡了多久？至少睡了几亿年。火从阳光的梯子爬进树里，树在地里化成煤最后变回来，成了火。

可是，火熄灭之后又去了哪里？

黑夜里，火张望、扭捏、奔跑。火哪儿也没去，最后却失去了踪影。夜和枯枝上找不到火的身影，连枯枝也被火拐走了。火所去的地方，人看不到。世界或许分成许多层，人的眼睛只看到其中一层，如同音波的一段频率。在人的眼皮底下，人看不到的东西太多了。人看不到身边的鬼神，看不到自然的征象，看不到光之外的其他颜色。人眼是如此简单，结膜、角膜、虹膜，加上视网膜，怎能看清周围的一切？

火只有一个模样，火不分外国火与中国火。火有金红的面容，有白与蓝的脸谱。火把自己的脚拴在风上，风到达的地方，火也到达。火把干树枝烧得像铁丝一样红，它的躯体或者叫能量凌空而去，化为碳的另一种形式。

如果用火讨论万物，万物的本质都是碳。而且万物都不会消失，不生不灭，只在火里变换了一种形式。它们在人眼中消失了，在大自然的循环中却没消失，也消失不了，永久循环。

火让白雪变成冰凌的酥片，化为水。火让水在壶里跳跃，无数小气泡化为大气泡，变成旋涡。火藏在酒里，穿着蓝色的衣服。火穿红衣从炭里走出来。如果想到人的周围藏着火，有一点儿吓人。但火是如此沉静，它只待在它待的地方，打骂都不出来，只有火才能把火引出来。火毁灭过万顷森林，竟安静地藏在一张纸里沉睡。火……

美丽的村庄

白银的水罐

井是村庄的珠宝罐。井里不光藏着水，还藏一片锅盖大的星空和动荡的月亮。

井的石壁认识村庄的每一只水桶。桶撞在石头的帮上，像用肩膀撞一个童年的伙伴，叮——当，洋铁皮水桶上的坑凹是它们的年轮。

那些远方的人，见到炊烟像见到村庄的胡子，而叫作村庄的地方必定有一口井，更富庶的地方还有一条河，井的周围是人住的房子。在黑夜，房子像一群熊在看守井。没人偷井，假如井被偷走了，房子就会塌。

井为村庄积攒一汪水，在十尺之下，不算多，也不少。十尺之下的井里总有这么多水，灌溉了爷爷和孙子。人饮水，水进入人的血管，在身体上下流淌，血少了再从井里挑回来。村里的人有一种类似的相貌，这实为井的表情。

井用环形石头围拢水。水不多也不少，在清朝就这么多，现在还这么多。村里人喝走了成千上万吨的水，水不增不减，不垢不净。多少人喝够了井水翘胡子走了，降生面貌陌生的孩子来喝井里的水。井安然，不喜不忧，在日光下只露出半个脸——井只露半个脸，另半个被井帮挡着——轻摇缓动。井里没有船，井水怎么会不断摇动？这说明井水是活的，在井里辗转。在月光下睡不着觉，井水有空就动一动。

村民每家都有财宝罐，都不大，放在隐秘的地方——箱子、墙夹层甚至猪圈里。而全村的财宝罐只有这口井，它是白银的水罐，是传说中越吃越有的神话。水井安了全村的心。

水井看不到朝暾浮于东山梁，早霞烧烂了山顶的灌木却烧不进井里。太阳和井水相遇是在正午时光，它和水相视，互道珍重。入夜，井用水筛子把星斗筛一遍，每天都筛一遍，前半夜筛大星，后半夜筛小星，天亮前筛那些模模糊糊的碎星。井水在锅盖大的地方看全了星座，人马座、白羊座，都没超过一口井的尺寸。

井暗喜，月亮每月之圆，是为井口而圆。最圆的月亮只是想盖在井上，金黄的圆饼刚好当井盖，但月亮一直盖不准，天太高了。倘若盖不准，白瞎了这么白嫩的一个月亮。太阳圆、月亮圆、谷粒圆、高粱米圆，大凡自然之物都圆。河床的曲线、鸟飞的弧线，自然的轨迹都圆。人做事不圆，世道用困顿迫使他圆。圆的神秘还在井口，人从这一个圆里汲水，水桶也圆。人做事倾向于方，喜欢转折顿挫，以方为正。大自然无所谓正与不正，只有迂回流畅。自然没有对错、是非、好坏。道法自然如法一口井，大也不大，小也不小，不盈不竭，甘于卑下。

大姑娘、小媳妇是井台的风景。大姑娘挑水走，人看不见水桶，只见她腰肢。女人的细腰随小白手摆动，扁担颤颤悠悠。井边是信息集散地，冒人间烟火，有巧笑倩与美目盼，孩子们围着井奔跑。村里人没有宗教信仰，井几乎成了他们的教堂。但没人在井边忏悔，井也代表不了上帝宽恕人的罪孽。但井里有水，水洁尘去污，与小米相逢化作米汤，井水可煎药除病。井一无所有，只有水。一方水土养一方人，水说的是井与河流，土是耕地。对树和庄稼来说，井是镶在大地的钻石。鸟不知井里有什么，但见人一桶一桶舀出水来，以为奇迹。春天，井水漂浮桃花瓣。入井私奔的桃花，让幽深的水遭遇了爱情。花瓣经受了井水的凉，冰肌玉骨啊。从井里看天，天圆而蓝，云彩只有一朵。天阴也只阴一小块，下雨只下一小片。井里好，石头层层叠叠护卫这口井，井是一个城。

井是白银的水罐，井水变成人的血水。井无水，村庄就无炊烟、无喧哗、无小孩与鸡犬乱窜。庄稼也要仰仗井，井水让庄稼变成粮食。人不离乡，是舍不得这口井。家能搬，井搬不了。井太沉，十挂马车拉不走一口井，井是乡土沉静的风景。

扁　担

扁担站在门后。

我小时候的门还分两扇，像中式的衣襟一样，双手分开才进屋。难怪如今偏瘫的人多了，门都成了单扇。推开双扇门，一扇挡着锅台（有人在挨锅台的地方搭鸡窝，门挡了鸡窝），另一扇门挡的是扁担和水桶。扁担藏在门后，不是扁担做了见不得人的事，扁担除了挑水没别的任务。它不能放炕上，不能放桌上，放别的地方碍事，就放门后合适。再讲，扁担不仅是一段扁木，两端还挂着铁环铁钩，很啰唆。

扁担的好处可以分两方面说，它的木头坚而韧，负重又有弹性。大水桶单只可盛三四十斤水，一副七八十斤，扁担挑起来上下颤但不断。没听说谁家挑水把扁担挑断的，那比走道挨一个晴天霹雳还丢人。颤，说扁担的弹性，没弹性它就不叫扁担。为什么没人扛一根铁棍挑水？没弹性又添了分量。好扁担的弹性让挑水人借到力，一步一颤，两只水桶像乌纱帽翅一样上下颤动。挑水人在每一步的行进中享受三分之一秒的小轻快。我小时候，挑水的都是小孩，大人在造反或挨斗。挑起扁担来，水桶刚刚离地。大桶沉啊，疼得肩膀受不了。那个时代鲜有高个，都被水桶压矬了——姚明、巴特尔肯定不是挑水出身。好扁担挑这么重的水桶还能上下颤动，木头不是一般的好。有人骨折后在腿里镶了三条钢板，弹性赶不上扁担好。好扁担还有一点儿文艺性，即花纹好。把一段方木头削成扁圆，两头尖，中间厚，这就是扁担——看过扁担的人可以不读上边这段话——花纹像鹅卵石的图案一样，环环相扣的扁圆，年轮在木质里显出横竖茬，也是阴阳茬，深浅相隔。扁担也分长幼，新扁担如新兵一样光鲜，白而直，老扁担颜色像水桶一般黑。再老的扁担就弯了，弹性都没了，相当于老得不像话，不仅要退休，还会当成劈柴烧火。身为扁担，一定要直，就像钢针、筷子都要直一样，弯了等于下岗。弯扁担的弯头朝上不行，水桶往中间溜；弯头朝下，水桶就触地了。但没见过谁家烧老扁担，连扁担都烧，太没有人情味了。扁担是硬木，榆木、柳木、柞木，一般劈不开。

扁担创造别样的美，可惜今天见不到。说的是大姑娘用扁担挑水，一手搭在扁担上，屁股在后面扭，腰肢最惹火，比芭蕾舞美多了。人们并不知，少女肩上担起三四十斤分量，才显出腰臀的美妙。另一只手在身边儿甩，增加美妙。女人，从前面看不公平，有丑有俊。从后面看全公平了，腰跟屁股都差不多。它们用苗条挺翘而不是五官创造美，其美不比五官差。这么说女人八成不爱听，但男人都爱听。大姑娘在街上走，人所看到的腰臀之美只是冰山浮出海面八分之一，身无重物，腰扭不起来。细腰是静态美和局部美，扭腰是动态美和全局美。腰若一扭，风情四射，一般人都受不了。但人家大姑娘凭什么为你扭腰？你是秦始皇呀？这时候，扁担下凡，助成其美在人间。沉重的水桶压在肩上，女人力量不足，以髋关节的大幅摆动借力，腰如摆柳，屁股似两个葫芦左右转。这时候，姑娘甩起的手指尖、挺直的脖颈，都有不一样的美。而梳大辫子的姑娘，两个红头绳随辫子在屁股上晃，像蝴蝶飞。此美胜过时装表演，现在没了，因为扁担没了，水井没了，自来水消灭了这些美。为了看到美，男人让自己老婆在家里挑水，也不像话。

然而这一类的好看是别人眼里看到的，担扁担的人肩上只有痛苦。我当知识青年的时候，挑八十斤的水桶浇树，走一公里。我十七岁，挑不动。重担集中在扁担那么宽的肉上，痛得难忍。起初走几步一歇，再十几步歇、几十步歇、百十步歇。头一天挑水下来，右肩肿起拳头大一个包，晚上睡觉，轻轻一摸都火烧火燎。第二天，这水还要挑，慢慢地，肩膀生出茧子。再后来，肩膀那块肉没感觉了，摸一下像摸别人，手感类似槐树皮。此际，挑水肩不疼了，步子也迈大了，以在肩膀上创造一块死肉为代价。那时想，若于上古，我被其他部落掠去吃肉，生番吃到我肩膀这块肉时，可能会咯掉一颗牙。他们百般研究争论却不知此为何肉。我当然知道谜底——死肉，扁担制造，但不会告诉这帮愚昧的土人。想到这里，我每每咧开嘴乐一下。死肉也有死肉的用处，天下没一样东西无用。如果非要找出一件没有的事，那就是上大学。在中国上大学是白白浪费钱，白白浪费青春。像钱早就贬值、各种商品都出假货一样，大学早已堕落得比过去的中专水平还低下。它连续四年让人买假的教育，念出来却无处就业。皇帝新衣里面最大的那件，就叫大学。

过去我见到扁担就害怕，现在见不到此物了，女人也显得不那么美了。减肥比不上扁担压出的美。以不担水这件事而论，我觉得生活很幸福。到风景区，还能见到挑砖瓦水泥的人，扁担是他们的谋生工具。人靠肩膀能挣多少钱？况且要上山下山，跟受刑没啥区别。他们肩上的死肉不知死多少年了。不光肩膀，他们的身上甚至脸上的肉都像死肉，只有眼睛凸出来，盼你让他挑点儿东西。他们的肉不叫软组织、不叫肌肉筋腱，叫藤、树、根，他们从人类进化为物类或另一种人类。

马　灯

　　那年我到坝后，干什么去已经忘了，但脑子里挂记着那盏马灯。我们住在大车店的一铺大炕上，睡二十多人，都是马车夫。白天，我和主车夫老杜套上我们的马车，拉东西。把东西从这个地方拉到那个地方，好像拉过羊圈里的粪。那羊圈真是世上最好的羊圈，起出二十多公分厚的羊粪，下面还有粪，黑羊粪蛋子一层一层地偷偷发酵，甚至发烫，像一片一片的毡子，我简直爱不释手，并沉醉于羊粪发酵发出的奇特气味中。晚上，我们住大车店。

　　大车店没拉电，客房挂一盏马灯，马厩挂一盏马灯。晚上，车夫们掰脚丫子、亮肚子、讲猥亵笑话。马灯的光芒没等照到车夫脸上就缩在半空中，他们的脸埋在黑暗中，但露着白牙。不刷牙的车夫，这时也被马灯照出洁白的牙齿。苇子编的炕席已经黄了，炕席的窟窿里露出炕的黑土。肮脏得看不出颜色的被褥全在马灯的光晕之外。房梁上，悬挂着一尺左右像暖瓶一样的马灯。灯的玻璃罩里面的灯蕊燃烧煤油。花生米大小的火苗发出刺目的白光，马灯周围融洽一团橘黄的光芒，仿佛它是个放射黄光的灯。马灯的玻璃罩像电吹风的风筒，罩子四周是交叉的铁丝护具。装煤油的铁盒是灯的底座，可装二两油。

　　蛾子在屋顶缭绕，它们靠近灯，但灯罩喷出的热气流把它们拒之灯外。不久，车夫们响起鼾声，这声音好像是故意发出的极为奇怪的声音。你让一位清醒的人打鼾，他发不出梦境里的声音，他忘记了梦中的发声方法。有人像唱呼麦一样同时发出两三个声音，有低音、泛音和琶音，有许多休止符使之断断续续。有人在豪放地呼出噜之后，吸气却有纤细的弱音，好像他嗓子里勒着一根欲断的琴弦，而且是琵琶的弦，仿佛弹出最后一响就断了，但始终没断。打呼噜的人大都张着嘴，但闭着眼。他们张嘴的样子如同渴望被解救出来。我半夜解手回屋，背手踱步，在马灯的光亮下视察过这些打鼾的车夫，洞开的嘴还可以寓意失望、吃惊和无知。他们是够无知的，把这个村的羊粪拉到另一个村的地里。其实，我看到那个村也有羊圈。那时候，农村里的一切都归公社所有，拉哪个羊圈的粪都一样。就像一家人，把这个碗里的饭拨到那个碗里一样。车夫们睡姿奇特，如果在他们脸上和身上喷上一些道具血，这就是个大屠杀现场或者先烈就义图。有人仰卧，此乃胸口中弹，有人趴着，背后中弹。有人侧卧并保留攀登的姿势，证明他气绝最晚，想从死人堆爬出去报信但没成功。

即使不解手，我也希望半夜醒来到外面看看夜景。夏夜的风带着故乡性，它从虫鸣、树林、河面吹来，昆虫在夜里大摇大摆地爬，爬一会儿，抬头看看天上的星星。月亮瘫痪在一堆云的烂棉花套子里。我看到夜越深，天色越清亮。接壤黑黢黢的土地的天际发白。可见"天黑"一词不准，天在夜里不算黑，有星星互相照亮，是地黑了。被树林和草叶遮盖的地更黑，这正是昆虫和动物盼望的情景。在黑黑的土地上，它们瞪着亮晶晶的眼睛彼此大笑。夜风裹着庄稼、青草和树林里腐殖质散发的气味，既潮湿、又丰富。我回屋，见马厩里的马灯照着马。木马槽好像成了黑石槽，离马灯最近那匹马大张着眼睛往夜色里看。灯照亮它狭长的半面脸颊，光晕在它鼻梁上铺了一条平直的路。马在夜色里看到了什么？风吹了一夜却没有吹淡夜色。那些跟跄着接连村庄的星星就像马灯。喝醉了的大车店老板手拎马灯，如同拎一瓶酒。他走两步路，站下想一想，打一个嗝。青蛙拼命喊叫，告诉他回家的路，但他听不懂。夏夜，马灯是村庄开放的花，彻夜不熄。马灯的提梁使它像一个壶，但没有茶水，只有光明。马灯聚合了半工业化社会的制作工艺，在电到来之前，它是有性格、有故事的照明体，它是移来移去的火，是用玻璃罩子防风的火苗之灯。它比蜡烛更接近工业化，但很快又变成了文物。马灯照过的模糊的房间，现在被电灯照得一览无余，上厕所也不必出门了。

针

像母亲领着孩子的手，穿过厚厚的云层。对往昔的追念，让人凝视那些斑驳的岁月，让往事像花朵一样开放，使我们看到静置在老日子最下面那些东西，包括母亲手里的针。

针拿在母亲的手里，当母亲把目光转过来的时候，是关于"家"的最贴切的油画构图。妈妈目光柔和，拿针的时候，她的面庞和姿态告诉人，什么是宁静安详。当母亲专注于膝上一件衣衫的连缀时，把这个画面和其他专注的事情相比——医生专注于伤口，账房先生专注于算盘，士兵专注于瞄准——让人觉得天下最为柔顺善良的人，莫过于母亲了。

针在家里是最小的什物，因此母亲藏针的时候最为认真——不是珍贵，而在它太容易丢失了。这一枚光滑尖锐的利器，却丝毫没有兵刃的悍意。那些绵绵的白线，被它缝在被子或膝盖的补丁上，像一串洁白的、小小的足印。在家的王国里，针线与棉花布匹生活在一起，一起述说关于夜、体温和火炕的话语。这些话语被水洗过，被阳光晒过。阳光和水的语言被远行的孩子带到了异乡。

我回想下乡和结婚的前一夜，母亲都在灯下缝被子。我想起，那些棉被是早已缝好的，她又拿出来，加密针脚。

加密针脚并没有特殊的用途，谁都不会盖坏一床被。但母亲所能做的只是这些了。在命运面前，她并不能做什么。儿子虽然是自己的，但仍要被命运之手领走，领到远方。母亲的语言与针线的语言一样，绵绵密密但素朴无声。当孩子远行，当柔软的棉被和线一起到达的时候，母亲的手里只剩下一根孤零零的钱。

妈妈把它小心收起来，放在炕席下面，或别在布包上，针尖向里。其实儿子大了，已不在身边，已经不用担心他淘气耍，刺破手尖。

现在年轻的家庭，恐怕已经找不到针了。城里没有针，没人缝补旧衣。年轻的母亲为孩子准备的是成摞的买来的衣服。在城里，和针一起失去的，还有朴素的诗意和许多难忘的场景。

门

如果说，摇篮是童年的象征，一杯热茶是温暖的象征，启动的车窗上握紧的手是友情的象征，那么家的象征，是——

门。

门的朴素的脸上，写着我们的寄托、欢喜和庇护。在心底抹不去的记忆里面，清晰地记得门的表情。

当受了委屈的孩子，从外边跑回家，双手刚刚拍到门上时，便开始大哭。在这里，门划分了"他们"和"我们"。从门开始，生活呈现的是另外的世界。

儿童初窥世事的时候，用肩膀倚在自家的门上往外张望。仿佛那边是海，这边是岸。

在暗夜里回家，推开门，先看到母亲在油灯下抬起的脸，她咬断缝衣的线，从锅里端出温热的饭菜。后来，我想到母亲时，白发、端碗的浮筋的手，和门上木纹的肌理叠印在一起，在乡愁的心海上幻化。

靠在家的门上，可以痛哭；可以蹲在它的脚下，以指尖蘸唾沫翻小人书；可以用粉笔在上面划线，看自己长了多高。推开门之后，传来"吱呀"的回应，这是家的歌声。站在门边上，如同站在父兄的脚下。

"文革"中，父亲被拘押。母亲"办班"，每天深夜返回。那时，我和姐姐常常夜深了还不敢睡觉，在被窝里等待敲门声。轻轻的拍门的声音，使我们在无数夜晚一跃而起，抢着给妈妈开门。那时候，开门就有妈妈。

有一年，我们全家从"五七干校"返回。使我眼湿的，是看到了我家的门。它淳厚，蓝漆里面隐约透出地图似的木纹，像老友一般蔼然。我感到，对家的渴念，包括秘密与惊喜，都包含在见到门的最初一眼里面。

离家远行时，回首，目光流连的地方包括家里那扇门。我们从外面所能看到的家，只有门。

如果回家，阔别之后的柔情会在抚到门的那一刻激发。拍一拍它，心里蓄足期待。门的后面，包括门，是我们的家。

墙

命运选择那些土垒在一起，堆为泥墙。它们的躯体就是它们的肩膀，它们没有四肢，只有肩膀。

泥土肩扛自己的兄弟，对垒雨、对垒北风、对垒最强大的敌人——时间。风拿这些土已经没什么办法，它们是墙。

北方有望不尽的墙，它们是院子的边界，是房的框架。灰白色的墙被风刮走了皱纹，墙是村庄最老的老人，是家的外壳。

我去过的一些遗址，如辽上京、准格尔汗国故城，那里一无所有，却留存着当年的墙。所谓断壁残垣说的也是墙。人早没了，繁花胜景没了，屋顶没了，却有墙。它们是一些低矮、毫不起眼、凸起于地面的泥土屏障，但非土丘，而是墙。在好多遗址，砖垒和石垒的城垣瓦解了，砖石没了踪影。土墙依旧在，长在大地里，土与地的联系比砖石更紧密。

我觉得墙上长着眼睛，没有一堵墙不在向外看、向里看。荒野上的人远远看见一处院落时，院墙和屋子的墙早就看到了你。就像藏在草丛里的动物早就看见在道路上行走的人。墙的眼睛细长，它在风里眯惯了眼睛。它打量过往羊群、骆驼队、独狼和流浪的人。墙认识自己的家人，它虽然不能动，却想像狗一样扑过去，围着家人转上几个圈儿。

房子上有墙的眼睛，看人度过几辈子。墙看到孩子在炕上翻滚成大人，看他们在炕上拉屎撒尿、吃饭喝粥、娶妻生子、数钱吃肉，然后卧病蹬腿。墙看到的人是炕上的动物，像人看羊圈里的羊。墙看人在土屋里高兴、流泪、讲理和不讲理，看见人在欲望里轮回，既相信真理又依赖愚昧。房子不过是四堵墙，用木头和泥巴做屋顶挡住夜空和雨水。开窗射进光线，开门出入家人。人垒起这四堵墙就不愿意拆掉，墙室碍了人的脑子。他们把好东西搬进来，把钱放在炕席底下。垒墙的人不如住帐篷的人自由。帐篷的墙是毯子和布的帐幔，在风中鼓动。墙僵硬，墙与时光死磕到底，墙被人扒了屋顶和窗户还是墙。墙的土一旦当上墙就再也长不出庄稼，开不出花朵，吸收不了水分，不再与季候一道渡过立春、雨水、惊蛰与清明。墙年纪轻轻就成了老人，墙只会站立，墙做的事情是阻挡。

墙是一堵干燥的泥巴所宣示的领地，墙里墙外裁定财产与情感的归属。墙怎么能建立一个家？人的心念从这堵干燥的泥中穿来穿去，干燥的泥没办法让人心安稳。墙让流动变成静止，让目光停留在土上。人年轻时都有过拆墙的念头，年老了都想把墙加高。墙是人所需要的泥土的皮肤，人待在自己家里，穿着墙的皮肤入眠。人一方面盼望自己的思想如水一般自由流动，另一方面筑立更多的墙把自己与他人分开。仰视一座摩天高楼，想不出楼里有多少堵墙。人们在一堵堵墙里悲欢离合。人的终身伴侣是什么？不是人，而是墙。人类最早广泛应用的发明是墙而非其他。

　　乡村的墙头是鸟儿和小猫的乐园。小猫在墙头袅袅行走，俯瞰下界，不让君王。鸟儿成排站立墙头创造风景。我尤怜惜那些墙头的青草，命运让它们在这里生存，得到最少的雨水，迎接更多的风。墙头草觉得自己是勇敢的卫士，为主人看家护院。青草从来匍匐于地，而墙头草高出地面五尺。人把墙头草当作坏词使用完全是强词夺理，草随风势伏偃乃自然之道，怎么是机会主义？用自然现象比附人是语言的通病。

　　信息时代拆除了什么？它在拆一切墙。有人看到了他平时看不到的东西，有人暴露了他不想暴露的东西。墙不仅是疆域领地，墙还是等级和智愚的分野。人弄不清自己脑子里有多少堵墙，人一边拆脑子里的旧墙一边建新墙。在许多情形下，墙就是强，强权、强大与强势。东欧旧政权解体后，人们推倒柏林墙绝不仅仅是一个象征。互联网是人类历史上最大的拆墙手，它把墙的强大化为粉末。失去墙既失去阻隔也失去庇护。

　　墙是立于眼前的四壁，墙将永久存在。它是伟大的分类法，是秩序与安全岛。墙是囚禁，墙是红杏的梯子。

碗

碗的事也不是小事。以前上别人家吃饭——吃馆子是这几年的事，八十年代末期，人们才普遍下馆子，然而这是说我老家——吃饭的人来到别人家，居于席前，先看碟子碗。看啥？家境荣枯，盘盏系于一半。细瓷为好，细瓷而又成套的碗，表明日子过得已经发达。

餐饭多在正月。互相请，真个是人人为我、我为人人，互济会。在风和日丽的正月，谁家大白天不晃晃悠悠踱入一大帮食客，用上海话讲是"没面子"。这帮人穿着呢子大衣，穿风衣，戴礼帽，戴人造毛的水獭皮帽，过本命年的人从裤脚和皮鞋间露出鲜红的袜子。他们高声问候，四邻俱知。主人惊喜地出来迎接，其实相互见过八百遍了。但这是过年，是请客。"客"字在吾乡读"且"，上声。"且"们带着一肚子关于这顿酒菜的美好构思，晃晃悠悠进院。入门，夸赞主人家里干净，对过年新添的摆设表示惊讶，说着入席。

入席，筷子碗都摆上来，叮当清脆入耳。一盘子鸡，一盘子鱼，一盘子扣肉。上述为"硬"菜。其余的，为表丰盛，其格式如"×炒×"，即肉炒芹菜炒白菜炒角瓜炒黄瓜炒白果炒柿子炒菠菜炒咸菜炒辣椒炒豆角炒韭菜炒疙瘩白，前边的肉炒后面各类蔬菜。满满一桌子，丰盛，毕竟过年了。这景象让"且"高兴。菜在过年的主要功能是观瞻，谁没吃过菜？这些日子吃都吃不动了。但，菜少了不行，不热情，甚至不吉利。不富裕就是不吉利，炒这炒那证明富裕着呢。

整两拳？

整两拳吧。"且"们问答。

拳不是泰拳与太极拳，更不是猴拳，乃酒戏。把食指、中指、无名指在"×炒×"的上方伸缩弯曲，口爆数码，输者笑嘻嘻地喝下，再划。

碗们，在桌上仪表堂堂。即便不是新碗，也被女主人用碱水洗得干干净净。沿儿有两道蓝杠的粗碗、描画富贵花卉的细瓷碗，更富的人家里，碗绘金边儿，即如今微波炉禁止使用的那种。在席上，你看吧，盘拱鸡鸭，碗中清虚。一看，盘子是为碗服务的。碗上担一双筷子，尊贵。这家人无论怎么忙乎，切菜、剖鱼、下饺子，都是为了进入这个碗。再往大了说，人辛苦一年，为的是碗里要啥有啥。

碗舀日子。端起了碗，就得让日子过下去。多难也得过，啥空也不能让碗空了。你看这小碗，一下一下，盛走了多少光阴岁月，掏尽了多少座尖尖的粮仓。人回家，端起碗说的是家常话、老实话，向家人吐露。碗在装了那么多粮食之后，也装了不少的话。有碗，就有绵绵不断的生活。对我来说，用不惯自助餐的金属托盘，也不爱用方便饭盒。我就爱端碗，左手端起碗，右手攥一双筷子，心里踏踏实实。这情景是人一天中最好看的姿态之一。

擀 面 杖

用擀面杖擀牙膏皮的时代过去了。

擀牙膏皮是为了节俭，用手捏挤不净的牙膏残余，用擀面杖在案上一滚之后，牙膏皮挤板整了，余膏全聚集于前。这时，把牙膏皮折成三叠，继续使用。

擀面杖是北方人擀面条和包饺子用的，多用枣木制成，有长短两种。贩子们将其他杂木制成的擀面杖漆红油，也谎称"是枣木的"。有人还用擀面杖打孩子，但擀面杖只是他们追赶时握在手里的一种威权，并不能下手。在乡下，打孩子较好的工具是鞋底子，既痛又不致残，往屁股上拍。当坐在炕头上的父亲怒上心来，咬紧牙根啐骂："我操——你个……"的时候，已经动手脱下一只鞋，当他最后骂出"妈"字时，那鞋已"啪"地落在孩子腚蛋子上，孩子身体向后一弓，仰面"哇"地号起来。

"文化大革命"中看电影，观领导人接见非洲一带的外宾。乡下人用烟袋锅子点划银幕上的外宾："那家伙腋下夹的什么玩意儿？擀面杖？"

寡闻。哪有那么细的擀面杖，说高粱秸还差不多。

在那个年代，用擀面杖擀牙膏的仍是少数人，因为在那个地方多数人都不刷牙。想刷牙而企图更节省的，就用牙粉。没有钱但真正懂得卫生常识的人，用盐水刷牙。

我小时候刷牙，以为这只是为了牙齿洁白好看，所以只扫前面的大板牙。把后槽牙刷了，人家也看不到，岂不可惜。乡人说："你看人家猫狗从不刷牙，牙照样白。"猫狗的牙的确雪白无比，且无龋齿，狼也是这样。它们是食肉性动物，无牙垢。咱们杂食，尤其常喝玉米面粥，不刷哪儿能行？

鞋

很久没见一边走路一边磕鞋的人。

除非在乡村大路。高高的杨树如用鸭蛋青绸子裹住躯干，在薄薄的蓝天下点染静谧的繁华。

道是走不完的。乡间的行者不像城里人双手插在兜里，他们手里要拿一样东西：锄头、锹、一篮鸡蛋。这些东西无论在肩上、肘弯、手里，总催人快行。

说不准哪时，有人站下，扶树，脱下一只鞋磕土，甩出土来，勾着脚，手掌托鞋，平端眼前，看里面有没有土。

钻进鞋克郎里的，是新鲜湿润的活土。这人贪图近道从麦地里走过，从蝴蝶翻飞的菜地走过。暄软、被太阳晒得洋洋得意的土，钻进鞋子，给他洗脚，跟脚趾捉迷藏玩儿。土香，有肌有肉，不像死土——城里随风旋走的浮尘。乡村的土在鞋克郎里被踩成泥箔，这是磕鞋的人眼里看到的，裂成片儿，磕出鞋外，撒在砂石的乡村大道上。鸟儿在树上盯着这些土片惊讶：土怎么上这儿来啦？而行路人的身影远了，和庄稼融混一遭。

磕土的鞋不会是皮鞋，也没有阿迪达斯。家做的，由母亲或嫂子一锥子一线纳出来的鞋，才会钻入黄土。她们用锥子在鞋底钻眼儿，是一个女人所用的最大力气。在乡村，你看哪家针线笸箩里的锥子把儿不像白金一样闪闪发光？麻绳穿过鞋底的时候，以手拽，用牙咬。就此，鞋底子写满了密密麻麻的字。这些密密麻麻的字，闪着棕白色的光，最终伏在庄稼人的脚底板下。你说庄稼人怎能不风雨如仪？这是亲人给你挂的一副掌。

旧时的游子远行，行囊只有斜系在背的一双新鞋。脚下一双，背上一双，天涯就这么走了过来。睡觉前，珍惜地脱鞋，对合枕在头下进梦。梦里有蝈蝈声、蛐蛐声、公鸡打鸣与柴火毕剥声以及老母亲没有拢住的那绺白发。

养 蜂 人

当城里人为夏夜的溽热辗转反侧时，养蜂人早在星月之下的窝棚里盖着被子入睡了。风把露水的凉气收入山谷，三伏之夜，凉可砭骨。在城里所谓桑拿天的早晨，养蜂人于黎明仍然披一件薄棉袄。人多的地方发热的是人，人少的地方清凉来自草木。

早晨的白雾退去，茂密的苜蓿草里露出蜂箱的队列，褐色的木头被露水打湿。蜜蜂等待阳光照亮山野之后才飞出箱子，露水打湿了花蕊，蜜蜂下不了脚。露水干了，太阳把花晒出了蜜香。

养蜂人戴着网眼护帘的斗笠，开始放蜂、取蜜、换蜂蜡，蜜蜂成团飞在空中。齐白石画蜂以清水晕染蜂翅，每每说"纸上有声"。对蜜蜂小小的体积而言，它发出的噪声相当大，跟小电风扇差不多。嗡嗡之声和里姆斯基—柯萨科夫的《野蜂飞舞》并无二致，野蜂的翅鸣更大。

养蜂人穿的衣服并不比麦田稻草人身上的衣服更讲究，比草木的颜色都暗淡。在山野里，劳动者比草木谦逊。山野是草木的家，人只是路过者。没人比养蜂人更沉默，语言所包含的精致、激昂、伪诈、幽默、恶毒和优美在养蜂人这都没有了，语言仅仅是他思考的工具，话都让蜜蜂的翅膀给说完了。

养蜂人从河里汲水，在煤油炉上煮挂面，没电视。我一直想知道十年不看电视的人是什么样子，他们的心智澄明。电视里面即使是最庄重、最刻意典雅的节目，也是造作的产物。电视对一切都在模拟，不仅新闻在模拟，连真诚也是模拟和练习的产物。而养蜂人一生都围着蜂转，心中只想着一个字：蜜。

天天想蜜的人生活很苦。他们被露水打湿裤脚，在山野度过幽居的一生。他们知道月上东山的模样，见过狼和狐狸的脚印，扎破了手指用土止血，脚丫缝里全是泥土。他们熟悉荞麦地的白花，熟悉枣树的花，熟悉青草和玉米高粱的味道。他们身旁都有一条忠诚的老狗；他们把一本字小页厚的武侠书连看好几年；他们赚的钱从邮局飞回老家；他们不懂流行中的一切时尚；他们用清风洗面，用阳光和月色交替护理皮肤；他们一辈子心里都安静；他们所做的一切是换来蜜蜂酿的、对人类健康有益的蜂蜜。

媒体说，几乎所有的蜂蜜都是假的，用白糖和陈大米加化学添加剂熬制而成。

可是蜜呢？蜜去了哪里？没人回答这个问题。

乡　村

> 乡村里仓房的大门打开了，准备好一切＼收
> 获时候的干草载上了缓缓拖曳着的大车＼明澈的
> 阳光，照耀在交相映衬的银灰色和绿色上＼满抱
> 满抱的干草被堆在下陷的草堆上。

这是瓦尔特·惠特曼的诗（楚图南译），每次读到这里，我都急于披衣穿鞋，到门口去迎这样一辆大车。

乡村的丰饶与芳草，被这样一辆大车满载着，摇摇晃晃而来。所有的譬喻，在这儿都可以成为现实，节日、早晨、露水、星星、父兄、故乡，它们都是可以"满抱满抱"的，不会使喜欢这些词语的人失望。

我是一个在城里长大的人，但无比喜欢乡村。我常常为别人指我为"一个在乡下长大的人"而感到宽慰，仿佛又呼吸到了干草的甜蜜的香气，头上曾经顶过无数的星星。

我认识一些人，在乡村长大却急于批评乡村。他们为贫穷而可耻，为自己童年没有上过幼儿园而羞愧，贫穷固然可耻，但光着脚在田野里奔跑，不比在狗屁幼儿园更益智更快乐吗？在乡下的河边，双脚踩在像镜子一样平滑的泥上，十趾用力，河泥像牙膏一样从趾缝清凉细腻涌出，岂不比在幼儿园背着手念"b、p、m、f"更高级吗？

　　乡村可以改变人生。我惊异于两年的知青生活对我的颠覆性改变。这样的改变在开始并没有显示出来，随着年龄的增长，"乡村"像一个次第发布指令的基因程序一样，越来越使我成为一个标准的文本。从照片上看，我的身态骨架，包括表情都像一个北方的农民，好像手里已经习惯拿着镰刀或赶车的鞭子。而坚忍、吃苦、好胃口以及顽固的幽默，也由乡村深深地浸入我的骨子里，这使我在今天无论遭遇怎样塞促，还都能够忍下去，并保持明净的心境。我感谢乡村接纳了我这个孩子。

　　有人认为知青怀想乡村是一种矫情，是贵族式的浅薄地歌颂田园风光以装点无聊的生活。对我来说并非如此。我不知道是否每一个知青都在内心默想过乡村的土地。对知青来说，苦役无异于噩梦。我在乡村经历过的生理上的苦楚，到今天仍然是唯一的。在夏日正午近四十摄氏度的高温下榜地，人变成了一个刚刚能呼吸、能机械移动的动物，脑子里一片空白。而冬季的寒风可以把人脸冻得用手一碰就是一道血口子。然而我还是怀念乡村。当我在电视里看到农人到粮站排队卖粮的表情，我同时忆起了粮站周围庄稼发出的气息，那是叶子宽大的玉米的气息，比草多一些甜味，比河流又多出一些土气。在夜里，在蛙鸣和蛐蛐的歌唱中，这些气味会和落日、马粪与炊烟融合在一起，变成令人难忘的甜蜜而忧伤的印象，久存心底。

　　农人言语简净，一语多头，透着十足的幽默和狡黠，使人感到宽调中的曲迁，如飨享村民的宴筵一样。你感到他们的语言中具有永远学习不尽的丰富隽永，意味深长。听他们说话，像走在乡村大道上，像一路览阅草尖上的露珠、高粱穗玛瑙般的密集、白杨树的朴素和渠水的清凉一样。

　　乡村无尽，只有上帝能够创造乡村，而人类创造了城市。虽然蛰居城市多年，我始终没有闻到乡村早晨、中午、晚上和夜里的气味，闻不到乌米、烤马铃薯、井水的味道。而我下乡那个大队米面加工厂那头小毛驴发出的亲切的喷嚏声，也是近二十年来我在人群当中从来没有听到过的。

石屋是山峰的羊群

　　山巅的夜色比平地薄，也许离星星近，夜被银河的光稀释了。脚下的石板仍清晰，缝隙像墨勾的线。树上的柿子深灰色，灌木如国画堆起来的焦墨，石板路留白，斜着通往上面的屋舍。太行山白天黑夜都像水墨。阳光下，危崖千丈是皴法，大笔皴出石壁和悬松。入夜，山村如晕染，纸上留了更多的水分。石屋石墙的棱角显出柔和轮廓，这是淡墨一遍一遍染的，树用焦墨拉一下就可以了。我在下石壕村转悠时脑子想这些话，好像我是个画家。然而我不懂绘画，借国画技法状眼前所见，说个意思。

　　夜空上，星星大又亮，一部分星星被山峰挡住。走几步路，星星从山后冒出来，它们好像在旋转。这么大的星星如白锡做的铃铛，本该挂在天马脖子上，如今藏在了太行山的身后。我暗想，即使最小的一个星星掉下来，落在山上，也会叮叮当当响一晚上。

　　坐在木墩远望，天黑什么都看不清了。山峦刚才在红和蓝的天幕下凸现轮廓，眼下色彩尽了，山退隐。仅存一点儿光线时，雾（实为云海）从山谷汹涌地挤过来，挤进村显得薄了，赶不上蒸馒头大锅的白气密集。雾待一会儿跑了，可能嫌村里太静。村里的石屋构造朴拙，一排房子在山的衬托下显得小，只是人手堆起的一处居所，山是老人。石屋如同山峰放牧的一群白羊。

村民从我身边走过去，去村口的大石亭。石亭能装十桌人吃饭，四面见山，亮着红灯笼。山村静久了，多亮一盏灯、多一个人大声说话，就添了热闹，何况石亭亮起十几盏灯笼，红纱官灯。从身边走过的是妇女和老人，这个村和中国所有村庄一样失去了年轻人，他们离开土地去了水泥地，遭长途颠簸和出租房的罪，赚现金。中国没那么多耕地让他们耕种。灯光下，妇女和老人站在家门口向外张望，越显出房屋院落的寥落。村里大部分儿童去山下学校读书。东奔西跑的精灵不在家，村里更静了。石亭的红灯笼一亮，村民的心活了，来看热闹。

夜色浓重，看山不是山，是深浅不同的墨色。头上一条小路是石片垒起的，七八米高，石片中间钻出树，直径超过五十公分，拐弯向上长。有的人家窗下横挂着木梯，这里家家离不开梯子，不是上山是上房，晒柿子、花椒和玉米。木梯子被风吹雨打变成白色。墙上标语隐约可辨，有一条是"生女也是接班人"，另外一条"女儿也传种"。这两条标语说的都对，尤其后一条。人种都从女人那里传过来的，没别的途径。

"呜哇哇——"，音乐响起来，自石亭那边。这个音乐是 CD 放的，类似大型文艺晚会的开始曲。我想下面该出主持人了。果然，一个女声用央视春晚的声调说："各位领导、各位来客、女士们、先生们，大家晚上好！"

我一边往那边赶，一边在心里给她续下边的词："中央电视台平顺分台下石壕支台春节晚会现在开始！首先宣读海外华人和驻外使领馆的贺电……"但大喇叭里的女孩子说的是另一番话："九月太行，是丰收的季节，苍山披翠，大地金黄……"很有文采嘛。我趋近石亭，见亭里坐着几桌游客，服务员化舞台妆，穿性感纱裙往上端煮鸡蛋、烤马铃薯、炖鸡和柚子大的白面馒头。端烤马铃薯还用化戏妆吗？服务员眼角画进鬓里，如花旦一般。后来知道，她们是演员，兼服务员。

主持晚会的姑娘个子不高，没化妆，像城里人。她流畅地把太行山的人文地理介绍了一遍，宣布演出开始。服务员如仙女般手转扇子跳起舞来，伴奏带是央视经常放的大歌。仙女跳完，主持人又把吃的东西介绍一遍，是一些在其他地方吃不到的山货，诸如鹅卵石炒鸡蛋、清蒸南瓜苗、酱拌花椒嫩芽。仙女们换了另一身衣服，再跳舞。刚才是水红色短衣短裤跳扇子舞；现在是白裙搭青罗条，跳贵妃舞。主持人再上来，说："哪位嘉宾唱歌?"一位游客大咧咧上来，用闽南话唱《敢拼才会赢》和普通话的《天路》。仙女们换短打扮，唱上党梆子。

这家伙，小山村热闹啦，音响师用最大音量放音，唯恐群山听不到。村民们都来了，安静地站在石亭下面观看。他们全神贯注，表情十分满意。这时候你就知道文艺的重要，它是心灵上的银铃铛，有人摇一摇，心里才满意。

演出很快结束了（节目少），音箱发出深情的《难忘今宵》。主持人用央视的口风说："难忘今宵，难忘太行，星光为我们指路，友谊是最美的琼浆。"音箱转放苏格兰民歌《友谊地久天长》。

村民对主持人的文雅词语很满意，有人说话他们就满意，都是吉利话。苏格兰乐曲在太行山巅回荡，我问主持人是哪里人、演员来自何方。主持人告诉我，她是大学生村官，担任村主任，服务员和演员都是这里的大学生村官。这些女孩子来自长治、潞城、太原，她们在这里服务几年，可以留下，也可以考公务员，给加分。她们有警校生、矿院生和师范生。问年龄都是十九、二十岁，刚刚来这里。我才来，已觉得雄浑的大山需要她们的漂亮衣服和容貌，这些活泼的小村官让太行山感受到了青春的感染力。

雾散了，树叶滴水

凌晨醒来，是因为屋里进了雾。昨晚睡觉我敞着门，听雨声，让雨制造的"负氧离子"进屋来，这东西的催眠作用比酒精厉害。

我住的这个石屋位于太行山百丈悬崖上面的下石壕村，坐车穿行凿崖公路几十里而后到达，辖属山西省平顺县。

山村奇静，我不知这里为什么没公鸡。村里的劳动力都下山打工去了，公鸡也下山了吗？日月升降无声，白雾来去也无声，这里只有雨声。昨夜有雨，敞门入睡如同听到一场雨在太行山顶的音乐会。其实雨也无声，人听不到雨丝划过空气的声音。耳边是雨敲击柿子树叶与核桃树叶的唰唰声，前一拨雨才落脚，后一拨雨又来了，雨水从屋檐滴在青石板上响声清脆。我仔细听其他"乐器"的奏鸣——雨打在倒扣的木盆上、滴在窗户的塑料布上、洒在菠菜叶上混成交响，落在门口的沙子里无声。

入睡后，一觉醒来窗棂微微泛白，我先回忆这是哪儿。每次出门睡醒时先回忆自己到了哪儿，也有回忆不起来的，起身到窗边向外看看才知道身在何处。在德国就是这样。看外边，雨停了，屋里进了雾，怪不得被子泛潮。床边的雾约有半尺，遮住了鞋，但床头柜的衣服还叠在那里。我大喜，吾榻拥云，有成仙迹象了。欲拍照——我躺床上，床下雾气缭绕，证明成仙并非自吹，照片在这儿——但我独宿，没人给我拍，可见成仙真不是容易事。洗完冷水浴，穿衣出屋，步入雾的世界。雾横着飘，一块块有锅盖或棉被大，相互牵扯，悬地二尺半，照顾你看清脚下的石板路。

在村里走，迎面来人从雾里现身，如有扛刀的坏人来到，近前三五米从雾里出现，人想跑也来不及了。这里没坏人，都是好人，他们朴讷醇厚。早上吃饭，四五个老乡拿着房客丢失的手机钱包送过来，房客瞪大眼睛感谢，说你们拾金不昧啊。老乡不以为然，他们在心里说，谁的就是谁的。

从雾中淡入的不光有人还有树，树的叶子被雨水洗得发亮。雨早停了，但树叶还滴水。雾的分子在溜光的树叶上待不住，索性化为水打滑梯落到树根下。苹果和枣在雾里现身，它们红得不一样。苹果紫绿相间，枣鲜艳。拇指盖儿大的枣在白雾里鲜艳，像树上挂的红宝石。

村里的建筑全系石材，石板路和碾子在雨后黝黑反光，三个石碾子并列。到秋天，村妇在碾子旁碾谷说笑，是热闹地方。屋顶的石片白光错落，野草在石缝摇曳。人走在窄窄的石巷，身旁被雨浇黑的石墙垂下桃形的牵牛花叶子，绿得鲜嫩。带绒毛的花蔓依在石头上，如婴儿偎在祖父身边。可惜牵牛还没开花，喇叭花如开放在水淋淋的黑石旁会有多抢眼。人说心想事成，有时会灵验。再走几步，在墙头上见到一只大南瓜，它的橙红，比喇叭花和红灯笼还明亮。南瓜像一百个橘子堆成的果篮，只是外皮有几道绿痕。南瓜摆在这里，仿佛是为了美术的需要，扫去石屋的沧桑气，让雾不显得闷。

往前走，雾散了，或者说雾退到了对面的山峰。山峰开始一点点儿清晰，笔陡的石壁白垩色，峰上存土的地方长出苍松。苍松沉黑，成了悬崖的冠冕。雾越消退越露出壁立千仞，脚下云海仍是见不到底的深谷，太行山更显雄峻超拔。有人说一座山是一处关，太行是万壑千关，只有云海相伴。云海上面藏着一个小山村，牵牛花在石墙上悄悄伸出蔓丝，枣在雾里微红，雨水洗干净石碾沟槽的米糠，树叶缓缓往下滴水……

在水上写字

傍晚，群山在白雾的包笼下退到了远方。刚才下雨，雨不知停还是没停。我的意思是说雨丝和雾汇合了，见不到成串的雨点，但树叶在滴水，雾气越发浓。

这里是山西省平顺县境内的太行山，我在下石壕村。村庄建在峰峦之上，我们坐车经过九曲二十八弯的凿岩山路才来到这座三十八户人家的村子。村名下石壕，像唐代的名字。几年前，有急于上位的领导把下石壕改为岳家寨。领导怕听到"下"这个词，越（岳）胜于下，更胜过下石和下壕。这是官员的迷信，虚妄之心没有不依赖迷信的。山村不大，往四面看都是比肩的山峰，才知自己立于山巅，此处乃太行之巅。

雾气徐徐侵来，缓缓消散，好像被吸进了地里。梨树、枣树从迷茫中渐然清晰，露出肥硕的绿梨和青枣，好像是雾让树孕育了梨枣。有只梨从枝头落在石板上，"啪叽"一声。我第一次听到熟梨落地竟然会"啪叽"，它躺在地上，绽开白果肉。让梨开绽的不是牛顿的万有引力定律，是熟透了，像女儿大了要出嫁，果肉要坐在石板上看四外风景。枣偃，藏在高枝等着竹竿敲打。村里没人打枣，青壮劳力下山打工去了。

雾散了，我像迷路的毛驴一样在山村转。村里没有一瓦一砖，房子和道路全用石条石板造就。看不出房子盖了多少年，斑驳的石头搬来垒屋，依旧斑驳，说房子是明代建的也有人信。青石瓦片在雨后如砚台般细腻，含蕴花纹。一棵槲树直立云霄，树龄越千载，大人无法合抱，树身红铜色，遍布铜钱大的凹痕。村人视此树为守护神，他们的祖先已于唐宋元明清逝去，留下这棵树。此树曾和先人相伴，村人对树露出虔诚的笑容。这个村的街道有如迷宫，在巷里穿来走去，不知谁家挨着谁家。刚看到一个穿红衣的妇女在东边晾花椒，转一下又见她在西侧晾花椒，浑似双胞胎一齐晾花椒。

说话间，雾又来了，房子被童话一般的雾收走，只露出脚下的石板路。不出五分钟，雾又赶路了。一位老汉双手插兜站在一人高的石街上看我，没表情。他身后的房子用红油漆写着"八路军藏金银处"。八路军不光有作战处、政治处，原来还有藏金银处。在山巅，雾又来，再散，我已经走到一个大石亭边上。亭长方形，立八根石柱，似会议室，四壁皆空，可观八面山色。亭子下面有厨房，这里是村里的人民大会堂和国宾馆，开会开招待会用。在这上面吃饭，比菜肴更合口味的是环绕的山色。谁想吃太行山、吃云海、吃星辰月亮就上这儿来吧——平顺县下石壕村。还有什么吃的我不清楚，还没开饭呢。

再走，过小石桥，见七八岁儿童趴桥上，用树枝点水。我问："干啥呢？孩子。"他不抬头回答："练字呢。"啊？这排场太大了，在一条河上练字。我蹲下，看他用树枝在水面划横、划竖、划撇捺。人说划沙无痕，水痕比沙消失得更快。我说："你写个太行。"小孩站起来，伸臂写"太行"。我只能说他写了好几层涟漪，看不到字。这时水面金红，这肯定不是小孩写的。抬头看，雾里涌出夕照，红光从黑黝黝的山峰肩膀迸射，洒在河上的只有一小部分。小孩的树枝一笔笔划破了金痕，我接过小孩手里的树枝，在水上写个"人"又写个"大"。字没留下，树枝挑出一根水草，小孩哈哈大笑。

夕照里，村里的屋顶鲜艳夺目，白石房变成玫瑰红，黑石房有乌龙茶的金绿。一恍惚，觉得这里是仙境吧，我还没修炼已经成仙了？"开戏了！"孩子说。石台上那座方亭子亮起了灯笼，长而圆的宫灯，有演出了。

黄 姆 村

村子在深山脚下，公路修到这里为止，尽头是一个水库。水库呈元宝形，有一道一百米长的坝。我每天早上到坝上跑步，然后观望。那时是六月，每天早上下细雨，雨丝比蜂蜜拉的丝还细，用黑色的衣服遮挡才看到亮晶晶的雨线。水库似深潭，翡翠一样沉绿，环绕对面的山峰。白色的水鸟张开比身子宽几倍的翅膀飞行，像为水库遮雨。

站在坝上看村里，有十多幢小楼。这里并没因为山清水秀而贫困，村民家家有楼。我问过，小楼连盖带装修都是五十万元以上的标准。这些楼房只在绿树里冒一个尖，村庄藏在树丛里，空气里含着翠绿。村里西面水库，其他三面皆青山，长满翠竹。竹子和松与梅不一样，它长得密密麻麻，山被它们长得连一点儿站脚之地也没有，远看，篁竹的梢头一团团摇动，似金凤点头。此地形如碧绿的龙首，水面是伸出的龙舌，村庄蹲在舌根。不通风水之人，也看出这是一块吉祥地。

村庄真是小，十分钟可以转一遍。初转时，家犬在各户门口朝我叫喊，转第二遍就有几只犬追随我巡视，我成了队长。说到工业，这个村只有一处碾米厂、一处桶装水厂，不妨碍环境。这里的清幽洁净，不是什么妙手偶得，而是有意为之。因为水库是水源地，村里刻意封山育林，不对外招商，这里是维护得来的世外桃源。

从大坝下来，见一人在菜地里拾掇。也许村里人太少，这人见我主动招呼，第一句竟是"我是杭州人"。他身穿晒白的红球衣，手脚粗大。怕我不信，他又加了一句："我是城里人，在这儿开了个水厂。"他指指身后。

我说："你家保安对人大喊大叫不好。"他问："哪一个？"我说："穿黄皮草那个。"他抬头思索："哪个穿黄皮草？"

我跑远了，看他手拄锄头，还在思索"穿黄皮草的保安"。第二天，他大笑，明白我说的是他厂里的大黄狗。

我住在村中的山庄里，朋友李坚在山庄有一处别墅，邀我到这里小住。偌大的山庄有湖、有塔和大佛。庄里只住两三个人，小猫成群窜来窜去。山庄管理员阿勇和小莲给我做饭。早上，见到阿勇拎小筐在竹林挖笋，他身边是此起彼伏的林鸟啼鸣。我爬上小山，闭眼躺在石上听鸟啼，辨识有多少种鸟儿歌唱。一怔，才知自己刚才睡着了。

我对美丽村庄的期待是：一、它要小，十多户人家就好了，不会因为人多而嘈杂。二、它有水，水是村庄的灵魂，正像草地是它的衣服、鲜花是它的笑容一样。三、它有不太高的山，可攀玩宜远望。四、它要静，在这里叫喊的不是集市的人而是小鸟和公鸡。五、植被茂盛、野生胜过手植。六、它有网络信号。七、它具有盗贼不喜欢的地理特征，也就是位于路的尽头。八、民风淳朴。九、虽偏远仍适于跑步。十、进城方便。第十一条我就不列了，因为上述十条在现实中是矛盾的，基本上不存在。把陶渊明的《桃花源记》抄下来当第十一条当然可以，但现实中还是不存在，是幻想。

现实中，我去过占其中一两条或两三条的村庄。我在这个村庄住了一周，它占全了我想象的美丽村庄的特征，但忘记了村庄的名字。

可是这个村叫什么名字呢？想不起来似乎不仁义。唯一的线索是村里的中巴站牌，上写——黄姥山，这可能是它的村名，也可能不是。

铁匠街的黎明

我住的地方叫阿热亚路，在喀什噶尔的老城区。

现在是北京时间七点，对喀什来说还是黎明。路灯还亮着，像刚刚点燃的蜡烛，衬托宝蓝色的天幕。刚刚醒来的喀什，身上还披着蓝纱巾。

阿热亚路实为一条小巷，经过老城区改造，沿街两侧的房子一派阿拉伯风情。"卡叽"这个词源于印地语，意为干枯的泥土，后转为英语的卡叽布。卡叽就是这里房屋的颜色，比杏白，比牛奶的颜色黄，像新刨出的木板的颜色。这条巷子里尽是这样的房子，高低错落，平房或二层楼房。墙砖像用木块贴上去的，细看是仿木块的工艺砖。

维吾尔人起得很早，他们把清水洒在自己门前。阿热亚路上铁匠铺密集，是"铁匠巴扎"，高鼻深目的铁匠们把自己的产品摆在门口，挂在高处。这里有一尺多高的纯钢折页，这么大的折页只有《一千零一夜》故事里古城堡的大门才用得上。还有成对的黄铜大门环，我把两只手握在铜环上，心想：一握就握住了这么多铜。门环背衬雕花精美，怎样恢宏的人家才佩有这样的门环呢？铁匠露出诧异的眼神，好像没人像我这样攥住门环不松手。我对铁匠和门环分别笑笑，松开手，同时明白，住在农村或古代的人才有可能在两扇大门安上这么好看的东西，我只不过摸一摸。

　　铁匠铺里摆着许多好东西，让我流连巡视却用不上。这把锋利的斧子上面刻着三朵小花，用不上；圆弯刀，用不上；木柄一米长的捞肉铁笊篱，用不上。一个远远离开了土地、森林和村庄的人，用不上真正有用的东西。

　　看这些东西时，我觉得右脚的鞋动了一下，低头看，一只小鸟在啄我的鞋带，更准确地说，是啄鞋带上的草籽——昨天我刚从莎车县的乡下回来。我如此清晰地看见了这只鸟儿的小蓝脑袋瓜，颈子一伸一缩地啄鞋带。我想把这小鸟用手捧起来，心里说：小鸟，你让我像抱小猫一样抱一下行吗？我把鞋带（连鞋）都送你。我一弯腰，鸟飞走了。但它刚刚啄过我的鞋，我越想越高兴，我默记小鸟的特征——蓝脑瓜，灰下颌，黑翅膀，灰爪子——后来飞了。小鸟飞到西边的街上，西边的人家正捏着塑料管往地上喷清水。十字路口的黑大理石碑刻着金色的隶书字体：坎土曼巴扎。

　　我悄悄走向小鸟，它不飞，步行躲开。我再追，它又躲开。这不是逗我吗？我和小鸟在街上转圈儿跑。我们俩都不飞，只跑，用绅士的步伐慢跑。我抬头，见到一个维吾尔老人正看我。他眉开眼笑，脸上满是慈祥。我第一次见到小鸟啄人鞋带，老汉可能第一次见到一个人追一只鸟追不上。老人右手放左边胸口，庄重地向我躬身，我赶忙还礼。老汉的胡子如胸前绣的一团银丝，戴一顶墨绿色的花帽，缓缓走了。他的灰风衣长可及地。

　　小鸟儿站在铁匠铺边（它可能是铁匠雇的护铺的鸟儿），我继续漫游。空气中传来木炭的气味，馕铺开始工作了。我探头往炉子里看，白胖的馕面在炉子里贴了一圈儿，炉子像一个冒香味的宝库。干燥裂纹的柳树根劈成段，垛在炉子旁。一位穿绿长裙、蒙黑头纱的维吾尔少妇走进一家卖手抓饭的店铺。在门口，她和店里的女老板互致问候，行贴颊礼。在喀什，我鲜明感受到维吾尔人的彬彬有礼，这个民族把互相尊重看作是每天的大事。那些弹唱十二木卡姆的民间艺人都彬彬有礼，有歌声、有舞蹈的地方必然通行礼节，它们同是文明之树开出的花。

野鸽子在屋顶上盘旋，一个穿阿凡提长袍的维吾尔老汉赶着毛驴车走过。铁匠在砂轮前蹲着锉折页，火花从他裤裆喷出如礼花。他戴的风镜，是我小时候戴过的——方型，由四块玻璃组成。街东的骡马客栈播放十二木卡姆音乐，民间艺人扯着嗓子演唱，而我钟情音乐里的手鼓声。独特的中亚风情的 6/8 拍子的节奏，让我跃跃欲试，用鞋跟打节奏，把脚步变成舞步，往前、往右或往后顿挫而行。

我在这条街上走第二个来回的时候，孩子们上学了。天空露出玉石般的青白色，杨树的树干愈发洁净。仔细看，绿色的小桑葚爬在枝条上，桑树的树干像毛驴肚子一样白。

乡村片段

　　人跟人比，比的是名誉地位。人跟树比比啥？树沉默、天真、甘于卑下。树柔软、坚硬、敢于腐烂而不留一丝痕迹。树把普照大地的阳光保存起来，变为绿叶还给大地。树是青草、昆虫和小鸟的家。树落叶毫不悲伤，第二年把新叶举在头顶。树是水的花园，树永远在生长。

　　人如果活得像树那样，人人身上都有清香。

　　幸福？好多年前，没人说这个词。它在心里悄悄藏着，在字典里白白躺着。那些年，幸福这个词软弱，比盆景长得还慢，更不用说开花结果。现在幸福跟人们招手了。可它是什么？是吃的、穿的，是不挨欺负，是高兴，是打麻将光赢不输，是车，是房子，是没完没了的欲望吗？幸福是一辈子拉不完的单子？可能幸福没那么多，可能它是个找也找不到的东西。找吧，每个人的幸福可能都不一样。

　　海来了。涨潮的时候，海浪一次又一次地往岸上跑，像亲友重逢。在陆地全还是海水的时候，每寸土地都是海的故乡。海里有珍宝、有故事，海连着所有的地方。

　　人降生的信息，母亲最先知道。人辞世的先兆，医生最先知道。人生的大事，都是自己不知道，别人先知道。

家是啥？千里之外想家想的是什么？土坯抹泥的房子外面，有一张门板的脸。推开门进屋睡觉，敞开门下地干活。门天天迎接你，目送你，大月亮地里，门在外边给人站岗。

门是家的灵魂，人是门的上帝。家里要是少了一口人，门知道吗？

把身子靠在门上，听听岁月讲述的秘密。它像钟表一样滴答作响。

榆树是树里的爷们儿。拧着劲儿长，跟钢筋似的。树这辈子没少遭罪，雷劈电闪、虫咬火烧，那也得活呀。有的树富贵，有的树娇柔。有的树把自己长成了石头，长绿叶的石头。榆树就这样，不开花不结果，春天一把一把地往地上撒钱，叫"榆钱儿"，圆圆的，吃着甜啊！

没见过这么大的雨，哗——哗——，好比泄洪。哪是雨？这是老天爷的一场事故。人管天，白云散尽；天管人，一锤定音。

药进了肚子，不光到病那儿去。它哪儿都去，全身溜达一遍。病维护自己，药维护主人。它俩斗起来，不知要经过多少回合。

美丽、漂亮、好看，是仨词儿，意思一样。克服、忍受、煎熬，仨词儿，意思也一样。撤销、迁移、消灭，意思还一样。别看世界上词多，意思就那么几层。

词儿也有让人疑惑的地方。聪明有时候和奸诈是一个意思，奸诈有时候和愚蠢是一个意思。你看，愚蠢跟聪明又拉上了手，说不明白了。

有守国土的，有守球门的，没听说有舍命守一个村子的人。农民的眼睛里，一辈子就守望几样东西。庄稼是一样儿，村子是一样儿，再就是老婆孩子。村子没了，庄稼上哪儿种去？就像把筋抽走了。农民不是旅游者，他们脚底下有根系，在土里扎着。到了非走不可的时候，已经触犯了他们的尊严。

恨是压在心上的一块铁。心要喘息，要挣扎，逐渐变硬了，像铁一样。

怀恨的人以为报复可以带来幸福，其实幸福从来不和报复在一起。导火索引爆的是炸药，不是鲜花。

男人把爱情想象成一只鸟儿，它是自由与飞翔；女人把爱情想象成鸟巢，它是安全、牢固和温暖。

鸟和鸟巢想到了一块儿，就叫美满。

一层一层的雾，粉红如烟，笼罩山野。山杏的花，手拉手给山坡披上一件嫁娘的新衣。雾散了，山杏探头窥视春天的情形。孩子们要给仙女压轿，孩子们要为鲜花鼓掌。为什么孩子的心里装的都是幸福的事情？没有丑恶，也找不到虚假。

长大了，人所失去的不仅是快乐，更有纯真。纯真走失，虚假升堂，快乐离开了，去寻找纯真的人。

快乐并不是成长的牺牲品。

如果快乐来自内心，是来自纯真。快乐不过是幸福的花朵，纯真才是果实。

人要能重新活一遍，觉着比现在过得好。假如真的从头开始，会什么样呢？下棋的下一千盘，每盘都不重样。人生也往往如此。

肩膀扛过二百斤麻包的人都明白，越是负重，越得直腰，要不连步都迈不开。

直开腰板，肩上的重量就交给大地，人只是一个支柱。弯着腰扛东西，早晚得压成一张饼。碰着啥事儿，人别忘了直腰，"立木顶千斤"啊！

以往干部管农民没什么商量，就像农民种地也没跟庄稼商量。现在商量了，两方面有点儿不得劲儿。没在一边儿高的板凳上坐过呀！商量好，比带领、管理、教育、引导这些词儿仁义。常商量就习惯了。没吃过饺子的人，刚吃饺子也不习惯，看不着肉，说烫嘴。慢慢地，过年都吃饺子了。

雨要是不在春天下，秋天指定下。一年就这么多水，下完就完了。

看一个村子有没有活力，莫过于早上站山顶看家家户户的烟囱。炊烟像丝绵，从各家的烟囱飘出来，把村子包裹得像一口热气腾腾的大锅。炊烟里有柴草的香味儿、小米粥的香味儿，日子回到了太阳下面。城里说的人气，在这儿叫人烟。人到哪儿炊烟到哪儿，拢住这片炊烟的人，当然算得上英雄。

人心能老不？生活了这么些年，心总年轻？人老了，胳膊腿儿，连眉毛胡子都老了。但心老不了，跟年轻人想的事一样。谁要说自己老了，记着，他心可没老。

承诺别轻易说出口，说了就得用一辈子担当。上帝唯独让人说话，是相信人是言而有信的生灵。

承诺落地，就好比鸟开始飞、河开始流，找寻目的地。

大自然都是承诺者，树承诺花，花承诺果，果承诺种子，种子承诺土地，土地承诺春天，春天承诺万物。大自然诚实啊，一草一木都不失信，岁岁枯而岁岁荣。

"克"（kē）在东北话里是顶牛的意思。不是牛跟牛顶，是牛跟老虎顶，非分出个你死我活。人跟人要是"克"上了，必有一场惨烈之战。也难怪，人的基因里都有一点儿兽性的残留物，仇恨培育这些基因壮大，一点点儿吞噬了人性。

粮食——在农村叫口粮，在城里叫主食，在酿酒厂叫淀粉，在养牛场叫饲料。这么多的叫法儿，说来说去还是粮食好听，特本分。庄稼、碾子、犁杖、水井这些词儿都本分，听着端正。过些年，这些词儿都没了，MP3了，听说城里人现在不怎么吃主食。粮——食，这个词儿多好。

贼心要是长到好人身上，自己遭罪。它长到坏人身上，别人遭罪。

好人天天防范自己的贼心，跟它斗争，怕它转移成贼胆。坏人嫌乎自己贼心小，发展培育，最后把自己赔进去了。

好人坏人，有时候就是一念之差。念是心念，防心比防毒蛇猛兽都难。

血缘就是个血缘，里边不含政策，也不含知识。血缘不告诉你该做什么，不该做什么。生活给予人的智慧，比血缘给予的多得多。

农村小孩都吃过甜杆儿。玉米秆儿、高粱秆儿，当时没听说过甘蔗。嚼啊、嚼啊，甜水哗哗往肚子里咽，嘴跟粉碎机似的吐渣滓。好甜杆儿吃着不光嘴甜，肚子都跟着甜。在庄稼地，听风吹玉米叶子，唰——啦、唰——啦，嘴里一个劲儿咽唾沫。想，甜杆儿的甜是从哪儿来的呢？玉米的根像抽水机，把土壤里的糖分抽上来了？土壤里还有糖分，没听说呀？想着想着就傻了。

看了没，这就是群众。"近之则不逊，远之则怨"。群众跟干部的关系，就像骑自行车和开汽车的关系一样，谁都觉得对方可气。车不一样，速度不一样，想法也就不一样。

不过，开汽车的到火车跟前，那也是群众。火车跟飞机比，更群众。飞机跟日月星辰比，算群众都占便宜了。

以后的人，看我们也跟看群众似的，尽管可爱，仍然好笑。在自然和历史面前，大伙儿都是群众。当个好群众吧！

磨刀的一来，猪羊害怕；刺猬一来，长虫害怕。生物链的意思是说谁都得怕点儿啥。有所怕才有所敬畏，敬畏之后才有珍惜。

如今说爱情、说财富、说享受说得太多，说说友谊吧。友谊是用血水泡过的麻绳，悬崖上能担得起一条命。友谊是遥远的恒星，是静静的河流，是没有香气的花朵。友谊在，诚信还会不在吗？怀揣着友谊的人，值得所有的人尊敬。

谁要觉得天特别远、地特别宽、花特别艳，那就是恋爱了。谁要觉得天特别低、地特别窄、花特别蔫，那就是失恋了。谁要觉得天不过是天、地不过是地、花不过是花，那就是结婚了。谁要觉得天是锅盖、地是水缸，那不是人，是青蛙。青蛙就会说一句话，说了一辈子。

鹤要是一条腿站着，是睡觉呢，两条腿站着就出问题了。人吧，坐着站着躺着、哭着乐着想着，看不出是喜是忧，忧中有喜，或喜中有忧。人是万物之灵，碰上自己的事儿，有时候灵，有时候不灵。

静水深流，心思重的人从外表看不出来。人的肩膀宽不过两尺，可啥都想担。世界上想帮忙的人比忙都多，帮上忙的真没几个。

近朱者赤，近墨者黑，近啥人学啥人。历史其实是人学人的模仿史。可惜人跟自然学到的东西太少了。拿河流来说，遇平则静，遇遏则鸣；逢春开化，入冬结冰，在四季轮回之中走向大海。人也像河流那么忙，忙来忙去究竟要上哪儿去呢？人皆好学，学到的多数是别人的毛病。

啥叫奢侈？人头马兑茅台酒、拿鱼翅拌大米饭、让熊猫推碾子、用牡丹花炒天鹅蛋，都比不了朱二这出，拿谷子苗喂羊，奢侈啊，奢侈。

天下的好东西里边，有一样叫针。穿线缝衣，针做的是团结的事儿。在医生手里，针做治病的事儿。针在油灯捻儿上拨一拨，一亮一大片。针挺了不起。

有人管酒叫酒水，酒哪是水？别看液态，那是流动的火焰、瓶装的粮食。酒跟水倒在碗里都像水，人跟人走在街上都是人。外表一样，其实差别挺大。

手啊，就这么一举，代表着民意。人平常用嘴说自己的想法，关键时刻还得靠手。手比嘴的权利还大。举与不举，立等裁决。比"锤子剪子布"厉害。看这些手，握镰刀的、和猪食的、烧火的、脱坯的、拔草的，举起来就是一票。现在老百姓的手值钱了，往后得好好珍惜自己的手。

　　酒要是在瓶子里待着，十年八年没事。它要进了人肚子，啥事儿都出。四大发明咋没算上酒呢？世界七大奇迹里也没提酒，怪事。

　　有一个猎人跟狼搏斗，枪掉山崖下边了。狼咬他腿，他掏出酒瓶子塞狼嘴里，咕咚咕咚全进去了。狼喝上酒，浑身哆嗦，走不了道，盯着猎人哭了，意思是：灌我酒干啥？不如给我一枪呢。都说狼厉害，厉害啥？连酒都喝不了，还是人厉害。

　　野生的丹顶鹤每年十一月份向南迁飞。卫星定位技术发现，野生丹顶鹤从俄国兴安斯克起飞，抵达向海，然后飞到盘锦的沼泽地。休息三到五天，在唐山以南的海岸休息六到八天，到黄河入海口休息十到二十天。十二月上旬到达盐城的滩涂越冬。迁飞距离两千二百公里，迁飞时间约二十五天，每天平均飞行八十公里。

　　歇息地是鹤类迁飞的重要条件。如果没有湿地和生态保护区，鹤无法到达越冬地，遭遇灭绝。

　　云彩要是树就好了，在山上栽着，一片一片望不到边，又能下雨，还能遮凉。云彩不招虫子。可惜呀，云彩不生根，在天上白白让风刮跑了。

感情这种事儿，跟豆角秧差不多，先出叶子再出蔓儿。豆角蔓儿像蛇信子，绕着架往上缠，缠实了开花，花不大。之后结豆角儿。豆在荚里包着，好像婴儿躺在床里。不立架，不起蔓，豆角儿往哪儿结啊？感情也是，前前后后有个过程才结果。

两口子在一起好比打篮球，往别人筐里投球，自己才得分。好比画肖像，把别人往好看了画才美。专画缺陷，还不如上医院照 CT 呢。两口子的事儿就像电视剧似的，剧本好还得演员好，演员好还得导演好，几好儿轧一好就拍成戏了。不过，电视剧才几十集，人这辈子胜过几万集电视剧，一点儿一点儿拍吧。

经常出现在梦境的地方，教你一口方言的地方，赶回去过除夕的地方，每个人都叫得出乳名的地方，喝酒爱醉的地方，少年想出老年想回的地方，童年数过星星的地方，对你知根知底的地方，就是一个人的家乡。

这个村子要是撤了，就像谷糠跟小米分离，光剩下一个名儿。头两年还有人念叨这个名儿，过几年就没人知道了。让历史学家把这个村子写进中国通史里？不可能。树杈从树上掰下来，想安也安不上。

人能回避这个回避那个，但是回避不了血缘。拿树说，这儿有一棵，那儿有一棵，在泥土的覆盖之下，根在一块儿连着呢。

生命立起倒计时的牌子，人的价值观就要调整、改变、颠覆，乃至升华。这时候，这个人思维敏锐，目标清晰，行为果敢。他要挑最有价值的事情来做，就像篝火在熄灭之前，蹦出耀眼的火星。

其实，生命给每个人都立了一块倒计时牌，包括刚刚出生的婴儿。只是这块牌子有些遥远，有些模糊。牌子上的数字还没有缩到很少的数字……

有身即有病，有病才有身。病从何来？喜怒哀乐、一惊一乍都可能埋下病根。不是肉身扛不住病，是人心扛不住病。文殊菩萨问：何物是药？善财童子遍访世间，回答：世间无一物不是药。心静是药，善良是药，敬畏天地江河草木是药，谦逊卑下是药，利益大众是药，小孩敬的大礼更是甘露妙药。

人要是掉到"爱"里边，有甜蜜，也有疑心。人恋爱疑心最重。因为爱情太珍贵了，恋爱的人像金匠一样不断测试它的纯度，是百分之九十九点九？还是百分之百。

有人说，真理是从怀疑当中产生出来的。但真爱产生于信任。

候鸟的大脑有一个生物罗盘，即使穿越海洋、沙漠，地面没有参照物时，也不会迷失方向，在繁殖地和越冬地之间，年年穿梭往来。没有方向感，当不了一只鸟。人的方向感不一样，有钱的方向感，没情的方向感；有小的方向感，没有大的方向感。有人一辈子也没有方向感。

仁、义、礼、智、信、忠、孝，说的本是人应有的方向感。

世上不喘气的事物里边，钱是唯一成精的东西，能填山移海，也能逼人上吊。钱也有姓氏，个、十、百、千、万、亿，越往后辈分越大。钱攒在手里，手出汗钱不出汗。钱的故乡不叫村子叫银行。钱像人参娃娃，挖地三尺，人都能把它找到。钱无味道，但走到哪儿都能被人闻出来。钱没有腿脚轮子却云游八方，后面跟一群追赶的人。

钱在人前成精了，在山川、动物、友谊、信仰面前啥也不是，又回到了纸的位置。

给大伙谋事儿，光靠赤胆忠心不够用，还得有钱。就好比牵着骆驼穿过针眼，针眼是啥？钱。用钱的时候钱不吱声。用错了，钱该说话了。钱说的话，一句顶人一个跟头。

戏演到这块儿，说了不少。乡情、亲情、爱情，可一提到钱，这地方的人立马把眼珠子瞪溜圆。咋回事儿？穷呗！

人有对象就幸福。有对象的人再找幸福，还得上下求索、八方寻觅，像狗熊找蜂蜜窝似的。

说幸福在自己心里，谁也不相信这个话，都上外边找去，以为幸福在一个地方等着自己。

处感情靠咳嗽不行，靠钱也不行。婚恋之事与年龄关系很大。

　　二十岁谈恋爱是一通长拳，飞拳快腿，麻利又好看。三十岁谈恋爱是八卦掌，一招一式讲究程序。四十岁谈恋爱咋的？太极，前后左右都得照顾到，用意超过用力。

　　老虎三岁搞对象，丹顶鹤两岁搞对象，老鼠生下来就搞对象。它们明白，这事儿不能往后拖。

　　燕子不识字，串鸡、雪雀子都不识字。它们不知道地图和文件准备抹去望海屯这个地名，它们年年还要飞回来。小鸟看到破砖烂瓦，那是个什么心情？村里没广播了，老爷们儿和老娘们儿不吵架了，静悄悄的。小鸟儿指定害怕，这一夏天的日子，不知跟谁过去。要是想望海屯的人了，上哪儿找去呢？

　　村庄的历史比城市还早。建一个村庄，用的是燕口衔泥的辛苦。一根草棍儿一口泥，慢慢才垒起一个村庄。村庄比城市的钢筋水泥包含更多人的感情。

　　在城里，高楼大厦之间没有祖先的身影，没有露水，没有鸡鸣犬吠，也捧不到一捧渗透过汗水的泥土。

　　城里人爱家，农民爱的是自己的村庄。

龙　潭

广西全州县也有龙井村。我问当地人，村名有什么典故吗？

村民说，叫龙井村一来因为这里姓龙的人居多。有龙头村和龙尾村，也有龙潭村和龙井村。二来它与山水形势有关。这座山摇头摆尾，逶迤而下，正如一条卧龙。这不算奇，奇的是山中密林明里暗里流下的溪水汇成瀑布围绕着山脊左盘右绕，在龙的脊梁边上聚集一处又一处的潭水。其中就有龙首俯下饮水的水潭，故名龙井。

我在山的高处看到的山景和村民说的差不多。更高的地方没法攀登了，如果有无人机把这座山里的龙脊和边上大大小小的潭水拍下来，一定更好看。还要说龙姓居民真会选择家园，这座山比其他地方更适合龙姓人士居住。当然其他姓氏的村民住这里也合适，青山绿水，人人适宜。

说好在山半腰的龙井村吃一餐农家饭，到达饭堂要曲曲弯弯走一段路。这一段山路不白走，途经好多水潭。有的潭水深绿，波澜不兴。好像是碧玉的溜冰场，等着人们穿上旱冰鞋去滑行。有的潭水呈现天蓝色，这是由各种矿物岩石形成的奇特景观。天蓝色的潭水上方的石壁上探出红花和黄花，也许是中药材。这些花束从悬崖伸长脖子，好像要寻找自己在潭水里的倒影。一个连一个的水潭都不算大，水面如晒谷坪大小。潭水静静歇息之后，又从狭窄的石缝急急忙忙流出去，到下面形成新的水潭，但颜色会改变。

我问村民，这些水潭有没有名字？村民说没有，哪有时间给它们起名字。

我觉得精力充沛的人可以来这里给水潭起上名字。如墨玉潭、天青潭、百鸟潭等。也可以标上桂林山水甲天下 3 号，桂林山水甲天下 4 号、5 号等等。1 号和 2 号留给漓江。

为了吃山上这顿饭，我们走了好多路。有石板路和木栈道。路边树枝和野花横逸，跟你抢路。幽深的林中传来无尽的鸟鸣，我常常从鸟鸣的声音猜测它羽毛的色彩。悠然清亮的啼鸣者，我认为它有长长的尾羽，肚子是白色或绿色的，头顶红羽或蓝羽。细碎不可辨听的鸟鸣代表这些鸟体型较小，脑袋像拨浪鼓一样左啄右叨。那种移动的鸟鸣常常是大鸟发出的歌唱，翅膀是黑的。在所有的鸟鸣之上发出高音的鸟，一定站在树的最高处，绿翅膀，爪子黄色。当然这只是我的想象。

走着走着，身边的水塘和溪流上方涌来白雾，它们不紧不慢，缓缓占领了水面。这些雾算不上浓雾，像纱一样。透过雾可以看出深碧色潭水的底色。这些缓缓踱步的雾如同乐曲。我知道这么说词不达意，雾怎么能像音乐呢？我想说雾的速度如同音乐。音乐里有一个术语叫柔板（意大利语：Adagio），节拍每分钟五十六下，表达音乐家沉思的情绪。这些雾就是柔板，它们也许正在沉思。但是雾在这里有什么可沉思的呢？

如果俯下身子看潭水，雾会从清澈的潭水下面看到长满青苔的石头缝隙摇曳着水草。如果盯着石头看，会有小鱼的身影一晃而过。白雾也可能计算潭水里有多少条鱼，这哪里算得清？更多的鱼都藏在石缝里。

白雾移动过来，并不笼罩山崖上的绿树和野花。它仅仅覆盖在水潭上，或者说它让水潭改变了颜色，变成了白潭。没多久，这些白雾消散了。谁也不知道它们去了哪里。它们把潭水遮盖那么一会儿，是为了什么呢？好像潭水会在它的遮盖中变一个戏法。

贴着碧绿的水面缓缓行进的白雾好像是童声合唱，歌唱大自然的神奇；又好像是单簧管的协奏曲——大家知道，单簧管是最适合描述自然风光的乐器，受到莫扎特青睐，当然也适合描述白雾。我又想，如果有一种机器把这些雾抽出来灌到塑料袋里，让游客带回家也蛮有意思。上写"全州县安和镇龙井村之雾"。也很好，而且不贵。

顺着曲折的山路，看过野花和水潭，到达山腰的饭堂。这时我已经不想进屋吃饭了，所谓饭菜，到哪里都差不多，无非是炒什么、炸什么，然后喝什么，大同小异。但这里的风景却不同，独一无二。

进饭堂吃了一些土菜，吃了些什么记不住。然后下山，沿原路又走了一遍。再次看到了潭水、溪流和郁郁葱葱的大山，却没有见到白雾。看来白雾巡行有时辰，游人看过一遍就可以了，不能免费看第二遍。